「仲良く、なれますか？」
原案／川口士
イラスト／白谷こなか
キャラクターデザイン／八坂ミナト
Presented by Tsukasa Seo / Illust. = Conaca Shiratani
Based on story = Tsukasa Kawaguchi / Character Design = Minato Yasaka
魔弾の王と天誓の鷲矢《アクイラス》
3
瀬尾つかさ
サンディが右手を差し出す。
少年は少し呆然としながらも、その手を握った。

天に輝いていた太陽が徐々に削られ、失われる。
ある兵は馬の鞍から転がり落ちた。ある兵は草原にひれ伏して祈りの言葉を呟き始めた。
日食、という現象をみただけで恐怖に襲われているというわけではない。
冷気のようなものが草原を漂っていた。冷たい、触れるだけで身体が怖気立つ。

ティグルとリムはふたりきりの天幕のなかで寄り添っていた。
裸の上半身を汗がしたたり落ちる。
「私たち三人で、必ずアルサスに、ライトメリッツに戻りましょう」

ダッシュエックス文庫

魔弾の王と天誓の鷲矢《アクイラス》3

瀬尾つかさ

アスヴァール王国
ソフィーと合流
王都カル＝ハダシュト
タラブルス
ティグルとリム、
港町タラブルスより
上陸する
スパルテル岬
天の御柱
エリッサと再会
ティグルとリムは
聖地『天の御柱』を目指す
カル＝ハダシュト拡大図

Character

Lord Marksman and Aquilas juratios

ティグルヴルムド=ヴォルン

ブリューヌ王国のアルサスを治めるヴォルン家の嫡男。17歳。家宝の黒弓を手に、リムと共にアスヴァールの内乱を戦い抜き、英雄となる。

リムアリーシャ

ジスタートのライトメリッツ公国の公主代理。20歳。武芸百般に通じ、様々な武器をそつなく使いこなす。

エリッサ

ジスタートの商人の少女。17歳。銀色の髪と褐色の肌を持つリムの友人にして教え子。才気煥発だが、何者かにカル=ハダシュトへと誘拐された。

ネリー

アスヴァール内乱の折、暗躍していた謎の人物。弓の王。飛竜を操り、ジスタートの戦姫たちを苦しめるほどの弓の腕前を持つ。エリッサと行動を共にしていたことがある。

これまでのあらすじ

カル＝ハダシュト。アスヴァール島の三倍近くの面積を持つカル＝ハダシュト島と、南大陸《メリデール》の北西部を支配するおおきな国だ。

ジスタートから遠く離れた地であり、褐色《かっしょく》の肌の人々が住まう地であり、常夏の地でもある。

今、ティグルとリムはそこにいる。

きっかけは、ふたつ。

ひとつはこの地にネリーが現れた、という情報が入ったことであった。過日にアスヴァールとジスタートで暴れまわった蘇った死者、弓の王を名乗る者である。ジスタートの王を殺害したこの者がいかなる野望を抱いているのか、それを探ることがティグルたちの目的のひとつである。

ふたつめは、リムの友人である褐色の肌の少女、やり手の商人でもあるエリッサが、この国の者に攫《さら》われたことだった。ティグルとリムが遠路はるばるこの地を訪れた理由は、彼女を助けるためでもあった。

カル＝ハダシュトに冬はなく、あるのは雨季と乾季である。ティグルたちが南大陸を訪れたのは乾季であり、この時期は南北大陸を行き来する船がもっとも活動的になる。

乗客に紛れて南大陸の大地を踏んだふたりは、ほどなくして、旅の目的のひとつである商人の少女エリッサを発見した。

エリッサは、カル＝ハダシュトの国を支配する七部族のひとつ、『天鷲《アクイラ》』の弓巫女《アルディア》に選ばれ、弓巫女ディドーと名乗り、『天鷲《アクイラ》』を率いて『一角犀《リノケイア》』と戦っていたのである。

カル＝ハダシュトの建国物語にうたわれる、特別な七本の矢。それをヒトの身に宿すのが弓巫女であり、この弓巫女が率いるのがカル＝ハダシュトを支配する七つの騎馬部族である。『天鷲《アクイラ》』、『一角犀《リノケイア》』、『赤獅子《ルベリア》』、『剣歯虎《サベイリ》』、『砂蠍《アルビラ》』、『黒鰐《ニーゲラ》』、そして『森河馬《ハイポータ》』。

彼らはカル＝ハダシュト島と南大陸の広大な草原を移動しながら馬と羊を飼い、数千の弓騎兵でもって戦をする。その七部族のうちのひとつ、『天鷲《アクイラ》』の先代の弓巫女が亡くなったあと、矢が選んだ新たな弓巫女がエリッサであった。

エリッサはティグルとリムに助力を求め、彼らはそれを受け入れた。『天鷲《アクイラ》』の魔弾の神子《デウリア》となったティグルはリムと共に一軍を率いて、南大陸の北西部で『一角犀《リノケイア》』に決戦を挑み、これに勝利する。『一角犀《リノケイア》』は魔弾の神子と弓巫女を同時に失った。

『一角犀《リノケイア》』の矢が次に弓巫女として選んだのは、意外にも、この地の者たちが白肌と呼ぶ北大陸《ネステール》の人間であるリムであった。

それでも強者に従うことを是とする『一角犀《リノケイア》』は弓巫女リムを受け入れ、ティグルを魔弾の神子として再出発する。『天鷲《アクイラ》』は『一角犀《リノケイア》』と同盟を組み、この二部族は海峡を渡ってカル

＝ハダシュト島に帰還した。

カル＝ハダシュトを支配する双王《そうおう》は、七部族の魔弾の神子と弓巫女から選ばれる。現在、双王の座は空白であった。前双王は共に流行病で亡くなっていたのだ。

次なる双王を決めるときが来た。七部族の魔弾の神子と弓巫女が、カル＝ハダシュトの都に集まり、七部族会議が開かれた。

会議の場で一同が顔を合わせ、そしてティグルたちは驚愕する。そこに弓の王を名乗る者ネリーがいたからだ。ネリーは『剣歯虎《サベイリ》』の弓巫女であり、さらに『赤獅子《ルベリア》』と『剣歯虎《サベイリ》』の魔弾の神子を兼ねていると自己を紹介した。

このネリーとエリッサは知己であり、気の合う友人同士でもあった。ティグルたちが警戒するなかふたりは旧交を温め、いよいよ七部族会議が始まる。

だが会議の途中、会議の場に姿を現さなかった『砂蠍《アルビラ》』がカル＝ハダシュトの都で反乱を起こしたという報告が入った。

『砂蠍《アルビラ》』は、会議で集まったほかの六部族の弓巫女と魔弾の神子を暗殺し、都の実質的な支配者である商家の手から軍艦を奪い、その卓越した弓騎兵を乗せて北大陸を征服するというおおいなる野望を抱いていたのだ。

ティグルたちは『砂蠍《アルビラ》』の暗殺者集団である鉄鋏隊《てつきょうたい》の手から逃れるものの、『森河馬《ハイポータ》』の魔弾の神子を失う。深夜、生き残った弓巫女と魔弾の神子は反撃に出て、軍港で『砂蠍《アルビラ》』の魔弾の神子を討ちとった。

その過程で、弓の王を名乗る者ネリーは行方をくらます。

今に至るまで、ネリーは表舞台に戻ってきていない。『剣歯虎《サベイリ》』に新たな弓巫女が現れていないため、死んでいないことだけは明らかであった。

結局、『砂蠍《アルビラ》』の野望は打ち砕いたものの、七部族会議は不調に終わる。

またこの日、ティグルたちは新たな北大陸からの来訪者を受け入れた。ジスタートの戦姫のひとり、ソフィーである。彼女はティグルの従者メニオと共に、ジスタートの使節としてこの地を訪れ、『砂蠍《アルビラ》』の野望を阻止する一助となった。

ソフィーを連れて『天鷲《アクイラ》』と『一角犀《リノケイア》』の大宿営地に戻ったあと、ティグルたちはこの地の妖精の女王に話を聞くため、建国物語の地、カル＝ハダシュト島の中央に存在する天の御柱を目指すことを決める。

ティグル、リム、ソフィーが『天鷲《アクイラ》』と『一角犀《リノケイア》』の一千騎を率いて旅に出た。途中、『砂蠍《アルビラ》』の残党に襲われるもこれを撃退、七日間の旅を経て、一行は天の御柱のある森のそばに辿り着く。

ティグルとリムは、ふたりきりで森に潜った。森のなかでティグルはリムとはぐれた末、妖精の女王である太った黒猫と面会を果たす。太った黒猫はこの地のさまざまな真実を告げ、ネリーの目的がティル＝ナ＝ファの降臨であることを告げたあと、ティグルの案内役として黒い子猫テトを彼に預けた。

テトの導きによって、ティグルはリムと合流を果たし、天の御柱に辿り着く。

この大地に長年に亘《わた》って溜め込まれた力をネリーによって悪用される前に解放するため、ティグルとリムは天の御柱の前で結ばれる。

その結果、力はひとりの少女の形をとり、ティグルとリムの娘となってふたりの目の前に現れた。ティグルはその少女をサンディと名づけ、育てることにした。


サンディを連れて、一行は『天鷲《アクイラ》』と『一角犀《リノケイア》』の大宿営地に戻ろうとする。

その翌日、カル＝ハダシュト島のすべての民が夢をみた。

サンディにそっくりの少女が、神となってこの大地を支配する夢であった。普段は森に籠もっている妖精たちが草原を舞い、ヒトの世が終わり精霊と妖精の世が来る夢であった。

エリッサは、その夢をみせた者がネリーであると看破《かんぱ》する。

カル＝ハダシュトを巡るティグルたちの戦いは、最後の局面に入ろうとしていた。

第１話　『夢』の傷痕

夕暮れ時、天幕のなか。

ティグルとリムは毛布にくるまれて安らかな寝息をたてて眠るサンディを眺めていた。年のころ八、九歳にみえる、金髪碧眼で透《す》けるような白い肌の少女だ。

彼女は先ほどまで元気に草原を走りまわっていた。

一千騎の騎馬部隊が行軍を停止してから今日の野営地を立てようとする、ほんのわずかな間にティグルの馬をすべり降りて、笑いながら駆け出してしまったのである。

「リム、君は子どもを落ち着かせるのが得意だな」

リムは、駆けまわっていたサンディを兵士の作業の邪魔になるからと呼び止め、草笛を聞かせておとなしくさせた。ティグルはその手際を、感嘆の念をもって眺めたのであった。

「私が子どものころは、よく年下の子の世話をしていましたからね」

「そのひとりがエリッサか」

「彼女は手のかからない子でした。長ずるほど手がかかるようになる子もいるのですね。いえ、エリッサはもはや、子どもではありませんが」

だからこそタチが悪い、ともいえる。誘拐された彼女を助けるため、はるばる遠く南の地に来てみれば、その当人は誘拐した部族を率いて戦っていたなどと、誰が想像できるだろう。

しかも未だに「こうなればいっそのこと、私の商会とカル＝ハダシュトの商家を繋いでみせます」と意気軒昂《いきけんこう》であるなどと。

「ティグルが子どものころは、どうでしたか。手がかからない子でしたか？」

「俺は落ち着きのない子だったらしい。危ないからって、親戚の赤ん坊に触らせてもらえなかったことだけは覚えている」

「では、サンディのこれは、父親譲りですね」

ティグルは「そうかもしれないな」と笑って、眠る娘の金色の髪を撫でた。髪の色と目の輝きはリム譲りだ。この子は間違いなく自分とリムの子であると、本能で理解できている。

「この子は狩人に向いているな。生き物と心を交わせるなら、森で迷うこともない。いっそ、今から弓の使い方を覚えさせて……」

「その育成方針についてはよく話し合う必要がありそうですね」

リムがティグルの肩を掴んだ。痛い。

「くれぐれも、早まったことはなさらぬよう、お願いします」

「わかった、わかったから、手を離してくれ」

「まったく、もう。どこまで理解しているのやら。この子は女の子なのですよ」

「君だって弓を扱えるだろう。それに、剣も槍も。自衛の手段は多い方がいい」

「嬉々《きき》として森に連れだそうとするのは別の問題だという話をしています」

なるほど、一理ある。

「この子がどうしたいのか、まずはそれ次第だな」

自分の娘が平穏無事で穏やかな生き方を望むのか、それとも波乱万丈で刺激に満ちた生き方を望むのか、ティグルにはそれすらもわからない。どのみち、今の彼女の力から考えて、まったく刺激のない生き方など望むべくもないとは思うが……。

ひとりの親としては、大過なく過ごしてくれないものかと願うばかりである。

「そのためにも、今、目の前にある問題をなんとかしないとな」

「ええ。『夢』の件もあります。まずは騒ぎ立てられぬよう小部族の宿営地を迂回して、『天鷲《アクイラ》』と『一角犀《リノケイア》』のもとへ戻らなくては」

†

カル＝ハダシュト島のすべての民が同じ夢を、みた日から、数日が経過した。

数日に一度、移動する『天鷲《アクイラ》』の大宿営地には、毎日さまざまな者たちが訪れている。皆がエリッサとの対話を希望した。エリッサはなるべく時間をとって互いの持つ情報を交換し、意見を交わす。

「あの夢は、いったいなんだったのでありましょうか。我々は、これからどうなってしまうのでしょうか」

彼らは前例のない事態に不安を覚えていたのである。なにが起こったのか探ろうとしていた。これからなにが起きるのか知ろうとしていた。

ひとつ一致しているのは、なにかとんでもない事態が進行している、という認識であった。

だからエリッサは、天幕を訪れる人々の意見を受け止め、落ち着いた口調で、しばらく様子をみようと語るのだった。

「なにが正しいか、もう少し情報を集めて、考えてみましょう。誰かがこの島でことを起こそうとしている。それがなにかは、わかりません。でもこれだけ大規模なことをしでかしたのです。私たち全員に影響を与えるような事態が起こるでしょう。恐れず、しかし用心して、そのなにかを待ち構えましょう」

そう告げると、たいていの者はエリッサを畏怖《いふ》の表情で眺め、「弓巫女《アルディア》様の仰せとあらば」と平伏するのであった。

エリッサとしては、そういう態度はあまり嬉しくない。自分は矢の力でいまの発言をしたわけではないのだから。理路整然とした主張に対してこうも恐れられては、議論で考えを深めることすらできないではないか。

夢について、さまざまな噂が広まる。あれは神の降臨を示すものだ、と語る者がいた。啓示である、と。予言の書にあった帰還のときが、いまこそ始まるのだと、そう声高《こわだか》に叫ぶ者がいた。その予言の書というものをエリッサは知らなかったが……。

「予言なんて、ずっと昔の誰かが書いた与太話《よたばなし》でしょう」

エリッサは、ばっさりと切って捨てる。

「もし予言者などというものが本当にいたなら、交易で大儲けしていたはずです。神がもし全知全能なら、神殿にはもっと人々の富が集まっているはずではありませんか。なんでみんな、そんなこともわからないのです」

彼女は『天鷲《アクイラ》』の戦士長ナラウアスに、己の気持ちをそう吐露《とろ》する。長身であちこちに古傷のある屈強な男は、呆れた様子で首を横に振る。

「弓巫女様にとっては、神すらも、その程度のものにすぎないのですね。ですがそれは、外で口に出さない方がよろしいかと」

「もちろんです。外面《そとづら》をとりつくろうことは得意なんですよ。なにせ私、商人なんですから」

「あなたは弓巫女様です」

とはいえ彼女も、超常の現象をすべて否定するわけではない。

現にエリッサ自身が、その身に『天鷲《アクイラ》』の矢を宿している。ティグルが持つ黒弓やネリーの一件もあった。死者が蘇ることがある世の中だ、きっと世の人々が想像もつかない力も存在するのだろう。だが、それは全能の力ではない。

島中の人々に夢をみせる力があったとしても、それは未来を予言していることにはならない。むしろ、夢のなかで幻想を共有させることで、人々を操ろうとしているなにものかが存在することの証明にほかならない。エリッサはそう考える。

叩きつけるような雨が、カル＝ハダシュト島の草原に降り注ぐ。多くの池が生まれた。沼が生まれた。川の水かさが増し、濁流となって泥濘《でいねい》を押し流す。

乾季が終わろうとしていた。北大陸《ネステール》のジスタートでは、雪が解《と》け春が訪れるころだ。

ある日、エリッサのもとに、カル＝ハダシュトの都から神殿の使者が訪れた。

使者の代表は、ハミルカルという名の若い神官であった。髪も髭も剃りあげた、精悍《せいかん》な顔つきの男だ。肩幅が広く、神官が着る白い貫頭衣《かんとうい》から覗く筋肉が盛り上がっていた。

弓巫女の天幕に入ってきたハミルカルは靴を脱ぎ、エリッサの前に跪《ひざまず》いて頭を下げる。堂々とした騎馬部族の所作であった。

エリッサは、そばに立たせたナラウアスに視線をやった。この神官、体格だけなら、うちの戦士長と互角ですねと考える。思考を読んだのか、ナラウアスは無言で肩をすくめてみせた。

「神殿で馬に乗るのがもっとも得意なのが私でありまして、こうして参りました」

ハミルカルは語る。

「幼いころは『森河馬《ハイポータ》』に預けられておりました故」

諸部族のもとでの暮らしを一時経験する商家の子もいるらしい、とは聞いたことがあった。

「本来は『森河馬《ハイポータ》』の刺青《いれずみ》を彫るはずでありました。ですが成人を前に長兄、次兄と急死しまして、かくなる上は、と」

「そういうこともあるのですね。私はこの地のことには詳しくないのですが、よくあることなのですか?」

「身体に刺青を刻むまでは、ままあることです」

ナラウアスが語る。エリッサはふむふむとうなずいた。

「部族の誇りとは刺青と共にある、と考えるのですね。話の腰を折りました。ハミルカル、本題をお願いします」

「はっ。神官ハミルカルが、神殿の書庫にあった記録を調査した結果を謹《つつし》んで報告させていただきます」

エリッサは以前、神殿に対しては神官だけが入れる書庫において過去の記録を調査するよう頼んでおいたのだが、その返事を携えての来訪であったようだ。

「このような事態の記録は、第一書庫および第二書庫には存在しませんでした。現在、もっと古い文献が収められた特別書庫に入る許可を申請中でございます」

「お疲れさまです。ここまでは想定のうちですね」

もとより本命は、ここ二百年より前の文献が収められた特別書庫である。

「この事態と関係しているかどうかはわかりませんが、弓巫女様のお耳に入れておきたいことがございます。北大陸に向かった船が、いずれも都に戻って来てしまいました。潮の流れが激しく海を渡ることができない、と」

「海が荒れているのですね。例年のこの時期はどうなのですか」

「年間でもっとも海が穏やかなのが、この時期でございます。故に南北で船の行き来が増えます。ここしばらく、北からの船もまったく都に到着しなくなりました。大陸でも同様の様子でございます」

「南大陸《メリデール》と北大陸の行き来が……」

それはエリッサにとって、あの不思議な夢よりよほど衝撃的な事態であった。

「弓巫女に嫌気が差したら、すべてを捨てて北大陸に逃げ帰ろうと思っていたのですが」

「たわむれの冗談でも、ご勘弁を。誰が聞き耳を立てているかわかりません」

ナラウアスが顔をしかめる。エリッサは軽く舌を出した。

「新たな船が来なくなり、都はさぞ混乱しているのではありませんか」

「幸いというべきか、多くの者は夢のことに気をとられ、海が閉ざされたことには気づいておりません。ですが間もなく、目端《めはし》の利く者が食料の買い占めを始めるでしょう。そうなる前に、どの部族の方でも構いませんので双王《そうおう》代理を立てて頂きたい、というのが商家の総意でございます。食料の価格の吊り上げを禁止するには、双王のお力が必要なのです」

どの部族の方でも、と言いつつ、ハミルカルの目はまっすぐエリッサに向いていた。

今、都にもっとも近い位置にいる弓巫女がエリッサである。加えて、経済に明るく商家との繋がりも深い。神殿がなにを求めているか、エリッサは理解した。

カル＝ハダシュトの都は百万人規模の大都市だ。この国は、自国だけで商家の人口を維持することができない。草原を自由に駆けまわることで自給自足できる部族民と違い、商家は交易で成り立っていた。海が閉ざされることで受ける被害は甚大であろう。

「食料の備蓄は？」

「半年分は配給できます。ですが、近隣の民が不安を覚えて都に駆け込むような事態となりますと、それもいささか心もとなく……」

「近隣、といいますと大陸側も含めてですか？」

「はい。タラブルスでも海が荒れ、出航ができず困っているとの連絡が陸路で来ております」

タラブルスは南大陸の西のはずれに位置するカル＝ハダシュトの都市だ。港のおおきさでは カル＝ハダシュトの都に劣るが、東方との交易の要衝であり、南北大陸を行き来する商船も数多くこの都市を利用する。

「加えて、スパルテル岬の潮の流れが変化し、海渡りができる時間が日を追うごとに少なくなっているとのこと。いずれ陸路も遮断《しゃだん》されるのでは、と考える民が増えております」

「スパルテル岬が……」

　エリッサたち『天鷲《アクイラ》』は、つい先日、干潮時にカル＝ハダシュト島と大陸が陸で繋がるスパルテル岬を往復している。かの通路が使えなくなり、しかも海が荒れて海路も封鎖されるとなると、カル＝ハダシュト島は孤立してしまうだろう。七部族の民にとっては、大陸の草原が使えなくなるだけのことである。しかし商家にとっては死活問題であった。

「ハミルカル、これも夢と関わりがあると考えますか？」

「我々では判断がつきかねます」

　ハミルカルは当惑《とうわく》した様子で首を振った。

「神殿でも、これがなんの兆しと捉えるべきかで議論が分かれております。ただ、人心を落ち着かせるためには、なんらかの指針が必要である、と申す者は多く……。かといって、迂闊《うかつ》な下知はいっそう人々を混乱させるだけでありましょう」

「本来であれば我ら七部族が一致団結してことに当たるべきです。七部族会議で双王を決められなかったのは、返す返すも残念でした」

　あのときは『砂蠍《アルピラ》』の裏切りがあった。カル＝ハダシュトの都は炎に包まれ、混乱のなか、多くの者が命を落とした。『森河馬《ハイポータ》』の魔弾の神子《デウリア》もそのひとりだ。

『赤獅子《ルベリア》』と『剣歯虎《サベイリ》』の魔弾の神子を兼ねて、さらに『剣歯虎《サベイリ》』の弓巫女でもあるネリーも行方不明となってしまった。

　カル＝ハダシュトの法によれば、最高指導者である双王を決めるには、弓巫女と魔弾の神子十四席のうち八席の出席が必要である。あの一夜のあと無事が確認できたのは、ティグル、リム、エリッサに『黒鰐《ニーゲラ》』の魔弾の神子マシニッサと弓巫女スフォニスベ、そして『森河馬《ハイポータ》』の弓巫女タニータだけである。ティグルは二部族の魔弾の神子であるから二席ぶんとしても、十四席中七席しか埋めることができなかった。法的に、次の双王を決めることが不可能であったのだ。

――これもネリーの思惑のうちで、だからこそあのとき以来、行方をくらましているとしたら？

ふと、エリッサはそんなことを考えた。双王が不在の状態が長く続いたところで、よほどのことがなければ商家は困らない。今回は、そのよほどの事態が起きている。問題は、そのよほどの事態を起こしたのがネリーではないかとエリッサが疑っていることである。

きっと、綿密な計画を練っていたわけではないのだろう。

だが幾重にも張り巡らされた陰謀の糸は、そのひとつを触るだけで連動する無数の糸が揺れ、共振し、結果的におおきなうねりを生む。

ネリーが動いたということは、その糸のどこかに誰かが触れたからだ。その誰かとは、きっと――ティグルとリム、あのふたりであろう。エリッサは、そのことも確信していた。

ならば、自分がいま、するべきことはなにか。ネリーがここで糸を揺らした結果としてカル＝ハダシュトの都が危機に陥っているなら、それを救うことは、結果的にティグルたちを利するだろう。エリッサは決断を下すことにした。

「ナラウアス、ガーラを呼んでください」

少し離れた『一角犀《リノケイア》』の大宿営地を預かる、かの部族の戦士長の名を告げる。

「私はこれよりカル＝ハダシュトの都へ赴き、かの地の人心安定に尽くします。こちらのことは、あなたがたふたりの戦士長に預けます」

「弓巫女様、しかし、それは……」

「我々、七部族は共同してカル＝ハダシュトという国を統治しております。無論、カル＝ハダシュトの都もその内です。神から人へと授けられた統治の証が、この身に宿った矢でありましょう。違いますか、ナラウアス」

「その通りです。ですが都はこれまで、双王なきときも、神殿と商家によって過不足なく運営されてきました」

「平時は、ですね。あるいは神殿と商家が拠《よ》って立つ基盤がある限りは」

「基盤、ですか？」

「船です。我ら七部族に馬があるように、商家には船があるのです。かの都は民が海路を往くための拠点。ですが今、海が閉ざされたことで、その利が失われました。つまり彼らはいま、存在の根幹を失ってしまったのです。故に私は、これが極めて深刻な事態であると認識しています。国を支える民の半分が、存在する意味を消失した。まずはこれをなんとかする必要があるでしょう」

ナラウアスはなにか反論しようとして、口ごもり、肩を落とした。

「せめてティグルさんや先生が遠征から戻るまでは、と思っていましたが、どうやらその猶予《ゆうよ》はなさそうです。理解してくれますね？」

『天鷲《アクイラ》』の戦士長は、ひとつ咳払いした。

「おひとりで馬に乗れるようになりましたか」

「ゆっくりと、なら」

そっと視線をそらす。最後に一本とられた。

「では、ハミルカル殿。我らの弓巫女様のこと、お願いできますでしょうか」

ナラウアスにそう頼まれれば、ハミルカルはかしこまって平伏するよりほかにない。

幸いにして今の『天鷲《アクイラ》』の大宿営地は、都まで三日の距離にあった。エリッサは、少しずつ都に近づくよう指示していたのである。少し無理をすれば一昼夜で辿り着けるだろう。


二日後、エリッサはふたたびカル＝ハダシュトの都に足を踏み入れていた。

厳密には彼女自身が地面に足をつくことはなく、都の前に用意された双王のための豪奢《ごうしゃ》な馬車に乗り換えての、大仰《おおぎょう》な登場である。

エリッサがあえて双王と同等の扱いを求めたのは、商家の者たちに、自分たちの王が来たと印象づけるためであった。

「ご安心を。私に権力を求めるような野心はありません。ここで都が混乱しては困るからこそ、偉そうに胸をそらして人々を慰撫《いぶ》するのです。必要なことを済ませれば、私はただちに『天鷲《アクイラ》』の大宿営地に戻ります。それまでの間、どうか寛大な心で、生意気な小娘があなたの領分を侵すことに対して目をつぶっていただきたい」

先日、都を訪れた際も使用した『天鷲《アクイラ》』の管理する屋敷。その広い一室に都の権力者である主要な商会の主人十数名を集めて、エリッサはそう告げた。応接室に集まった彼らは、いささか渋い顔をする。

「なにか、私に手落ちがありましたか？　お気づきの点があれば、遠慮なく申し出てください」

エリッサは彼らの反応の意味がわからず、動揺を隠して彼らを一瞥する。

「弓巫女ディドー殿。大火の日、あなた様の差配《さはい》で多くの者が救われたこと、我ら一同けっして忘れてはおりませぬ」

一同を代表して、商家の者たちのなかでもエリッサと顔見知りの初老の男がそう告げた。

「あなた様に双王の座についていただくのがもっとも望ましいと、そう思う者はこの中のひとりやふたりではございません」

「おおげさです。私はただ、公園の天幕のなかに座って、いくつかのもめごとを仲裁しただけです。あと、ジスタートの大使を迎えましたか。せいぜいそれくらいでしょう」

「ジスタートの大使殿と縁を結び、適切な差配でその力を生かしたことで、どれほどの兵が救われたことか。あなた様がおられなければ、我らは奪われた軍艦すべての突破を許し、彼らは大洋に進出するだけの戦力を保持したままであったでしょう。ディドー様は、もっと己の功績を誇るべきなのです」

「偶然を利用しただけです。たまたま、運よく私がそこにいたのです。誇ることなどできません。無論、そうして得た賞賛は利用させていただきましょう。機に乗り遅れるなど商人として恥、すべてを利用して利益を得てこそ商いの道、その正道と心得ます」

そばに立っていたハミルカルが苦笑いしていた。今、彼はいつもナラウアスが立つ位置、すなわちエリッサの一歩前で護衛として彼女を支えてくれている。神官ではあるが、禿頭で肩も脚も筋肉が盛り上がった彼は、ただ立っているだけで頼もしい。

「なにかいいたいことがあるのでしたら、ハミルカル、遠慮なくどうぞ」

「ナラウアス殿からお聞きしておりましたが、ディドー様、あなたは本当に、自らを商人とお考えなのですね」

「私がジスタートからこの地に攫《さら》われてきてから、まだ一年程度しか経っていませんからね。私はかの地で小規模ながら商会を営んでいたのですよ」

この件についてはなんどでも言ってやろう、と心に決めていた。今は『天鷲《アクイラ》』の人々に共感と友愛の念を抱いているが、それはそれとして、である。

「相変わらず、なのですな」

先ほど発言した商人が笑う。

「その話、大火の日にもお聞きしましたよ」

「みなさんと、いずれ立つであろう真の双王に対して、私がその利権を争うものではないということを知らしめるためであれば、なんどでも申しますとも。私の祖国はジスタートで、いずれかの地に帰る身であること、よく承知していただきましょう」

「その際は、是非《ぜひ》とも我が商会と取り引きしていただきたいですな」

「我が商会も、ぜひお願いしたいですね」

商家の何人かが乗っかり、笑いが起きた。

「それもこれも、こたびの危機を乗り切ってからのことですが……」

さて、とエリッサは顔を引き締める。

「具体的な話をいたしましょう。期限を切って、都に流通する一部の商品の価格を統制させていただきます。主に食料品ですね。この統制により過度《かど》の利益が出ないよう、どうかご理解いただきたい。そう長くはなりません。きちんと物資を分配すれば、誰も飢えずに済むでしょう。故にこれは、過度の利を貪《むさぼ》る輩が出ることを戒《いまし》めるためのものであるとご承知いただきたい」

「長くはならない、と。それはいかなる推論からでしょうか。そもそもこたびの事態は神殿でも記録がないことと聞きます。事態の推移を予測できるものなのですか?」

中年の男が挙手して訊ねてくる。

エリッサは「いいところに気がつきましたね」とうなずいてみせた。彼の発言は仕込みだ。

エリッサとしては、最初にこの点をはっきりさせておきたかった。

「すでに我ら『天鷲《アクイラ》』と『一角犀《リノケイア》』の魔弾の神子であるティグルヴルムド卿が、一千の兵を率いて問題を解決するべく動いております」

これは方便だ。時系列が違う。ティグルたちが遠征してからしばらく後、この異変が発生したのである。ティグルたちが赴いた先で、おそらくなにかがあったのだ。エリッサはそう思っている。結果として、夢が起きた。

そして北大陸と南大陸の間の海が荒れ始めた。エリッサはあえて、この順番を無視して話をすることに決めた。さもなくば、暗躍するネリーという人物がなにものかという点について説明することを迫られるからである。エリッサには、ネリーがどのような人物なのか、簡潔に商家の人々へ説明することができない。

説明したところで信じて貰えない、ということもある。ネリーが、あまりにも人知を超えた要素の濃い存在であるからだ。

彼女はずっと昔、どこかの国の指導者であった人物で、とうに死んだ存在だ。

そして最近、蘇った。彼女の時代、国においては神と人の関係がいまよりももっと近しかったようだ。故に彼女は、現代では失伝した知識を持っている。またティグルが持つ黒弓のはるか昔の持ち主でもあり、竜を自在に使役《しえき》することができる――。

こんなことを彼らに言ったところで、どうして理解を得ることができるだろうか。

だからエリッサは、ネリーという要素をひとまず排除して、現状を語ることにしたのである。

「ティグルヴルムド卿は天の御柱に赴き、かの地で妖精の女王に接触する予定です。ご承知の通り、我が『天鷲《アクイラ》』には妖精の友と呼ばれるマゴー老がおりますが、ティグルヴルムド卿もまた、そのマゴー老が認めた妖精の友であります。こたびの異変について、必ずやなんらかの情報を持ち帰ってくれるでしょう」

おお、と集まった商家の人々が沸き立つ。白肌の英雄について、交易を主とする彼らは、前年のアスヴァールでの一件を耳にしているようだった。そしてもちろん、先日の大火の夜に軍港でおおきな爆発を起こし、『砂蠍《アルピラ》』に大打撃を与えた一件も、である。

「ティグルヴルムド卿が妖精の友である、というのはまことでございますか」

「誓って、真実です。アスヴァールで妖精の知己を得たティグルヴルムド卿は、その妖精からこの地の妖精の女王に挨拶するよう伝えられた、とのことです」

「そこまで妖精に近しいとは……。そのような方が『天鷲《アクイラ》』と『一角犀《リノケイア》』の魔弾の神子であること、まさに天恵と言えるでしょう」

初老の商人が感嘆の声をあげた。この地の人々は妖精の存在を疑わないとエリッサは経験で理解している。この島では、北大陸ではありえないほど、人と妖精の距離が近い。

もっともそれは、人が妖精と親しくしている、という意味ではない。不気味で恐ろしい隣人を認識している、ということだ。故に、妖精の友、という言葉には、猛獣を飼いならす者、という意味も含まれている。

「ですが、ティグルヴルムド卿が妖精の怒りを買う可能性はございませんか？　むしろ、その結果がこの潮の流れの変化では？」

別の商家の者が言う。エリッツサはそちらを向いた。いぶかしむ男の視線を冷静に受け止める。

「もちろん、そういった可能性もあるでしょう。ですが私はティグルヴルムド卿を、私の魔弾の神子を信じています。彼は必ずや、目的を遂げるでしょう。であれば私が為すべきことは、彼が戻ってきたとき、存分に力を振るえるよう、場を整えることです。皆さまにお願いするのは、我らがティグルヴルムド卿の帰還と共に動きだす為の下準備なのです」

「賭け、ですな。賭けに負ければ、あなた様に賭けた我らも沈む」

「ええ。ですから私自ら、都に参りました。のるかそるか、ここはひとつ、生意気な小娘に賭けてみませんか？　『天鷲《アクイラ》』と『一角犀《リノケイア》』にまとめて恩を売る絶好の機会ですよ」

エリッサはそう宣言して、胸を張る。二部族に恩を売るという言葉が、商家の者にとって重い意味を持つと知っての発言だ。相手は商人である。こういう場合、可能性の多寡を議論するより、賭けに乗った場合の利を語った方がいい。そして商家の者が利で動くように騎馬の民は恩で動くと、互いの認識を摺《す》り合わせる。

はたして、いぶかしんでいた商人は「ええ、ええ。無論、利があるなら動くのが商人ですとも」とうなずいてみせる。

彼としても、その言質《げんち》がとれるなら下の者たちを動かしやすいと考えたのだろう。

その皮算用がきちんとできる相手であることが、いまのエリッサには頼もしい。口だけで、部下を動かせない上司など、この緊急事態には足手まといだからである。

下の者たちを律して生活必需品の価格の統制を行う。このとき統制の外に別の市場が生まれれば、すべてがご破算となってしまう。闇に流れる部分が出るとしても、それをなるべく少なくすることは、今回の場合、最重要課題であった。

幸いにして、まだ食料の価格が高騰《こうとう》する前に動きだせている。買い占めが発生していないことに関しては、この場にいる者たちが睨みをきかせているから、という理由もあるのだろう。故にこんごも、この場に集めた彼ら全員の協力が不可欠なのである。

「話を詰めましょう。饗宴の用意があります」

エリッサは手を叩いて、屋敷の使用人たちに合図をした。この地の慣習において、適切な宴会は、人の口をなめらかにさせるために必要不可欠な要素である。

数日が経過した。エリッサは都に滞在して関係各所と交渉を持ちながら、『天鷲《アクイラ》』と

『一角犀《リノケイア》』に残した戦士長たちと毎日、文のやりとりを行った。情報は一日遅れとなるが、なんの連絡もないよりはずっといい。

幸いにして、エリッサが都へ赴いたことは両部族から好感を得られているという。双王に準ずる扱いで招かれた、と宣伝したことが功を奏したかたちだろう。『天鷲《アクイラ》』の者たちは、どうやら「俺たちの弓巫女様が双王になるための準備をしている」と解釈しているようなのだ。

もちろんエリッサとしては、そういった憶測《おくそく》が流れると理解したうえでの行動である。これまでの実績で、彼女のいっけん奇妙にみえる行動にも理と利があると、部族民たちはそう理解し、期待していることだろう。

他人に勝手に期待されることには慣れていた。これまでのところ、エリッサは弓巫女ディドーとしての期待に応えている。だからといって、こんごもそうであるとは限らない。いつか『天鷲《アクイラ》』の人々を裏切ることになるだろう。彼女の心はジスタートにあるのだから。

だが、それは今ではない。『黒鰐《ニーゲラ》』の魔弾の神子であるマシニッサとも文を交わした。順当にいけば次の双王は『黒鰐《ニーゲラ》』の魔弾の神子と弓巫女であっただろう。今のエリッサは、その権限を奪って好き勝手している、ともいえる。あらかじめ、断りを入れておく必要があった。

幸いにして、マシニッサはエリッサの行動に理解を示してくれた。

「俺は商家の活動に詳しくない」

彼からの返信には、こう記されていた。

「商家の活動を制御することが必要というなら、それは弓巫女ディドー殿がもっとも適任であろう。我々『黒鰐《ニーゲラ》』と『森河馬《ハイポータ》』も後ろ盾となった旨、一筆したためておく」

と快く承諾したうえ、この件について弓巫女ディドーに一任するという内容の誓約書を同封してくれた。これでエリッサの都での活動に弾みがつく。

ある日、こんな報告が入った。

「ディドー様、一部の商家が麦の供出《きょうしゅつ》を渋っております。素行《そこう》の悪い者を多く抱える家で、顔役たちも手を出しかねている様子です。指示をお願いします」

エリッサは報告に来た商家の者を下がらせると、すぐに立ち上がった。

「ハミルカル、出かける用意を。私が説得にあたりましょう」

「危険です。いくらあなたが弓巫女様であられるとはいえ……」

「弓巫女であるから、ですよ。彼らが抱える武がいくら強大であろうとも、私が背負う武ほどではありません。『天鷲《アクイラ》』の弓巫女に手を出せばどのような目に遭うか、わからぬほど愚かではないでしょう。現在、この都において、私ほど安全な交渉役はいませんよ」

半分は虚勢であり、半分はこのカル＝ハダシュトという国における弓巫女の権威を充分に理解したうえでの発言であった。

暴力で生きる者ほど、七部族という圧倒的な暴力の威を前にするとおとなしく頭を垂れる。

これまで、彼女はそういう光景をなんどもみてきたのである。ジスタートとはまた少し違う視点、ものごとのありかたであった。

加えて、弓巫女ディドーが動けば皆が注目する。エリッサがくだんの商家のもとへ赴いたという情報は一瞬でカル＝ハダシュトの都を駆け巡った。

彼女の乗った馬車がその商家の屋敷を囲む塀の前に辿り着いたとき、その屋敷の周囲には大勢の人が詰めかけていたのである。

強欲な商人の買い占めを許すな、不正は正されるべきだ、と屋敷の前で声を張り上げる人々を前にして、強面《こわもて》の門番たちは及《およ》び腰《ごし》であった。

「皆、ありがとう。気持ちは嬉しく思います。これから商談に入りますので、どうか落ち着いて、今しばらくお待ちくださいませ」

詰めかけた人々にそう告げて、エリッサはハミルカルとふたりきりで屋敷の門の前に立つ。門が開き、ふたりを受け入れた。

屋敷のなか、壁面に金箔を貼りつけた悪趣味な応接室でエリッサを出迎えた商家の当主は、まだ三十代の前半くらいの、太った男であった。商家の当主は、懐《ふところ》からとり出した布で、しきりに汗を拭いている。屋敷を包囲する人々がいつ暴徒と化すか、気が気ではない様子であった。無理もない。彼の視点からすれば、エリッサが民衆を扇動《せんどう》し圧力をかけているようにみえたことだろう。

「弓巫女ディドー様、こたびはまた、評判とは逆にいささか穏やかではないやりかたですな」

「市井《しせい》で私の評判がどうなのか、興味がありますね。それはそれとして、あなたはこうして、気が立った民がどれほど恐ろしいか、厄介か、目にしたはずです。あなたの行いがそれを招いたこと、ご理解いただければ幸いです」

　エリッサは続いて、商家の当主に、いま蓄えを放出するならば、民は必ずや、あなたの善行をその記憶に刻みつけるでしょう、と語った。

「私とて、本来は統制など好みません。商人は自由であるべきです。それでも商人にとって好ましくない政策に乗り出したのは、ああした民を恐れるからです。これは、暴徒を生み出さないための方策なのですよ」

「お若いのに、ずいぶんとご存じなのですな」

「私の生まれはジスタートです。かの国では、冬、道が雪に閉ざされ、馬車の往来が難しくなります。人が簡単に飢えることができる、そんな国でした。この国では滅多に飢饉が起きないと知ったとき、羨望を覚えたものです」

「雪、ですか。北大陸では空から白い泥が降ってきて、乾季の間ずっと、高く積もるとか。話に聞いたことは……。それほど恐ろしいものですか」

「国中が、その白い泥で埋まるのですよ。加えて夜の砂漠よりも寒い日が続きます。虫は死に絶え、作物は枯れ、熊のように大きな生き物は百日ほど巣穴で眠って過ごします」

きっといま、目の前の太った男は、おとぎ話にある冥府のような世界を想像しているのだろうな、とエリッサは思った。ひと呼吸置いて、話を本筋に戻す。

「今、それに似た状況に陥っているのが、このカル＝ハダシュトの都であり、この島全体です。こういった場合にどうすればいいのか知っている者は、この国にはほとんどおりません。その数少ない例外が私なのです」

実際のところ、エリッサが師と仰ぐリムであればもっと上手くやったであろう、と彼女は考える。だがそれは、ないものねだりだ。リムはいま、ティグルと共にいる。だからこそ、ティグルとリムが帰ってくる場所を守るため、エリッサは死力を尽くさなければならない。

「どうか、ご理解ください。危機を乗り切るため、私どもにはあなたのご助力がどうしても必要なのです」

商家の当主が首を縦に振るまで、さして時間はかからなかった。

都は先日の大火によって広い区画が消失し、その建て替えが進んでいた。

この機会にと、神殿の主導で区画の整理が行われている。焼け出された人々は、順次、仮設の家屋から新しく建設された家々に移り住んでいった。

新しい住居を得られなかった者もいる。主に高層集合住居《インスラ》を利用していた者たちであるが、大家《おおや》が新しい家屋の家賃を大幅に上げたため、これでは家賃が払えない、と神殿に訴えていた。

これらの建設には神殿の補助金が入っており、建て替えによる家賃の値上げは認めない旨を契約書に盛り込んでいる。だがそれは、あくまで大家と店子《たなこ》だけの関係を念頭に置いた契約であった。

「建て替えても家賃は上げない、なのに家賃が払えないほど住宅の価格が高騰している。どういうことですか」

訴えを耳にしたエリッサは、きょとんとしてハミルカルに聞き返した。

「仲介です」

ハミルカルは苦々しい思いを顔に出して返事をする。神殿の事業が上手くいっていないことに対して、憤懣《ふんまん》やるかたないといった様子であった。

「神殿は補助金を出す際、仲介人の存在を念頭に置いておりませんでした。しかし集合住宅の大家は多くの場合、効率的に店子を集めるため仲介業者を用います」

「ああ、理解しました。仲介人は、店子に対して割り増しの家賃を求めた。それは契約の範囲外であった、と」

「ご理解いただけて幸いです」

「よくある話ですね。北大陸の商売でも、二次請け、三次請けと仕事を流すことは多々あります。その方が効率がいいですから。ですがその質の管理は仕事を出す側の責任です。この場合、契約書を精査しなかった神殿が、全面的に悪い」

「おっしゃる通りです。ですが店子の窮状《きゅうじょう》を看過《かんか》するわけにもいきません」

「これ絶対、私の仕事じゃないですよね」

ハミルカルは大柄な身体を縮こまらせて「そこを、なんとか」と拝み倒してくる。エリッサはため息をついた。

「便利に利用されている気がしますね……」

腐ってもいられないと少し考えて、こんな案を出す。

「将来的には、大家と店子の間に入る仲介業者を神殿の認可制にするのがよろしい。短期的には、店子の訴えが多かった大家には指導を入れてください。それでも交渉がまとまらなかった場合や、ごく一部の店子のみが問題を抱えている場合には、彼らに別の住宅の斡旋《あっせん》を。これは神殿の失態ですから、神殿の経費で処理してください」

「かしこまりました。法の整備を急ぎます」

「といっても、まずは今の危機を乗り越えてから、ですね。それにしても、この被害の割にはなんとも平和なことです」

「平和、ですか？　多くの者が焼け出され、亡くなった者も多いのですが……」

「亡くなった方のことは残念に思います。ですがジスタートで冬に焼け出されたら、ほぼ確実に凍えて死ぬんですよ。この国では、雨に打たれることを我慢すれば木陰で寝起きすることすらできます。――いえ、忘れてください。この国がこの国なりの問題を抱えていること、もちろん把握しています。ただ少し、戯言を呟きたくなっただけです」

ハミルカルは黙って頭を下げた。エリッサを酷使している自覚はあるようだ。もっともそんな彼とて、最近まとまった時間、寝ている様子がない。誰もが時間に追われていた。

†

メニオはアスヴァールで生まれた男だ。今年で三十二歳になる。奇縁によりティグルヴルムド卿の部下となり、彼についてアスヴァール島を出て、ジスタートに移り住んだ。

そして今は、『一角犀《リノケイア》』の戦士長ガーラの下で部族の財政を取り仕切っている。

腕っ節に自信はないが、これまでも役人としての手腕は評価されてきた。

北大陸において、ひとつ戦をするだけなら、剣と弓だけでも可能だ。しかしふたつ、みっつと戦を続けるには、物流をまわす、という概念が必要だった。補給がなければ戦はできない。

それができるのが自分であると、メニオは認識している。

このカル＝ハダシュト島では、少し事情が違う。なんといっても大地が豊かだ。馬が食べる草は旺盛に繁茂し、兵はそこらに実る果実をもいで食べることができる。

加えて『一角犀《リノケイア》』では、これまで、生活に必要なものの大半を自給自足で賄ってきた。足りないものも、七部族という力を背景として、小部族に対し有利な換算で交易できていた。

それが、『天鷲《アクイラ》』に負けたことで一変する。

多くの兵を失い、威を失った部族から、ほとんどの小部族が離れていった。

一転、友好関係が結ばれた『天鷲《アクイラ》』との交流により、かの部族が商家から多くの新しいものを手に入れていることを知る。知ってしまう。

たとえば大陸から輸入された色鮮やかな服。香辛料。化粧品を、女たちはみてしまった。女たちにねだられ、男たちはそれらを手に入れようと必死になる。

阿呆《あほう》がひとり、部族の共有財産である羊を黙って売り、得た金で女に貢ぐ品を買った。

別の阿呆が、弓を売った。さらに別の阿呆は、馬を売った。

『一角犀《リノケイア》』の戦士長であるガーラが事態を把握したときには、取り返しのつかないことになる寸前であった。

ひとまず阿呆たちに罰として苦役を命じ、反省を促した。男たちに貢がせた女については、女たちの顔役であるムリタに説教と仕置きを委《ゆだ》ねた。

三十八歳の現在に至るまでに八人の子を産んだムリタは、働き者で、お節介焼きで、料理が上手い。これまで部族の女たちから誰よりも慕《した》われ、信用されていた。

「そもそもの原因は、うちの部族が世間知らずだったからさ」

ムリタはそのとき、ガーラに苦言を呈したという。

「これから先、部族民を相手にするだけじゃ駄目で、商家とつき合う必要があるんだろう？

だったらそういうことが得意な奴を連れてくるのが、あんたの役目じゃないか」

もっともだ、とガーラは考え、新たに弓巫女となったリム、そして魔弾の神子となったティグルに相談した。

そして、メニオが連れてこられたというわけである。

「ひょろっとした男だねえ。弓も馬もろくに扱えないんじゃないか」

ムリタは、連れてこられたメニオをみて、鼻を鳴らした。

「そんな男を、あの魔弾の神子様が重用しているんだ。よほど優れた芸があるんだろう。あんたが頼りだ。うちの部族に足りないところは、びしばし指摘しておくれ。あたしらは変わらなきゃいけない。あんたには、それができるんだろう？」

彼女の期待に応えるべくメニオは頭をひねった末、『一角犀《リノケイア》』の女たちが編む羊の毛織物に着目した。

「こんな地味なものが都で売れるのかい？」

「ですが丁寧に織られていて、刺繍は精巧です。ただ、柄が単調ですね。都で流行りそうなものに変更しましょう」

「どんな柄がいい？」

「そのあたりは専門の者に任せた方がいいのですが……。出入りの商人や、『天鷲《アクイラ》』の弓巫女ディドーに知恵を頂きましょう」

さっそく弓巫女ディドーことエリッサにこの話を持っていったところ、少女は目を輝かせて
「私にも一枚噛ませてください！」と身を乗り出してきた。

同行していた『一角犀《リノケイア》』の弓巫女リムが無言で彼女の頭を叩き、正気に戻す。

「エリッサ、あなたは手を出さず、知恵だけ出してください。これは『一角犀《リノケイア》』の商売です」

「ひどいですよ、先生。私だってたまには本業に携わりたいです」

「自分の部族でやりなさい」

かくして、弓巫女同士の力関係によりアイデアだけをいただき、『一角犀《リノケイア》』の毛織物は都で評判の品となった。

この一件で、メニオは『一角犀《リノケイア》』に受け入れられた。そして、いまがある。


ティグルもリムも遠征から帰還しないまま、カル＝ハダシュト島のすべての者が不吉な夢をみた、その日のこと。

あれはなんなのか、これからなにが起こるのか。喧々囂々《けんけんごうごう》、議論百出《ぎろんひやくしゅつ》で、誰も仕事に手をつけようとしない。さもありなん、と思いつつ、メニオは天幕のなかで、目の前に積み上がった羊皮紙の束をひと束、手にとった。

毛織物の出納簿《すいとうぼ》であった。軽く検算を行えば、数字が合っていない。ただの計算間違いなのか、念のため在庫を確認するべく天幕の外に出た。

かぐわしい香辛料の匂いが鼻孔をくすぐる。

そういえば、間もなく太陽が天頂にたどり着く時刻だ。

大宿営地の中央では、ムリタが、具材がたっぷり入った大鍋をたったひとりでかきまわしていた。メニオは両手で木製の大匙を握るムリタに近寄り、声をかける。

「あれまあ。白肌は夢をみなかったのかい？」

「いえ、皆がいう夢はみましたよ。ですがどのような兆しがあろうとも、仕事がなくなるわけではありませんから」

「まったくだ。どんな不吉な前兆だろうと、人は腹も減るし糞もひる。それを忘れちまうとは、困ったもんだ。さて、もう少し香草をぶちこんで、うちの奴らを正気に戻してやらないと」

どうやら大宿営地全体に漂う香辛料の匂いは、彼女が意図的にやっていることのようだ。

「倉庫に東方から輸入した胡椒《こしょう》の試供品があったはずです。持ってきましょう」

「へえ、面白そうじゃないか。是非、頼むよ。ちょっとくらい刺激的な味になっても、目覚ましにはちょうどいい」

その後、いつになく濃い香辛料の匂いに胃を刺激されて議論をやめた部族の男女は、夢中になって料理を腹に収めたあと、いつもの仕事に戻ることとなる。

その日、『一角犀《リノケイア》』の混乱は最小限であった。

†

「『天鷲《アクイラ》』より緊急の連絡です」

とカル＝ハダシュトの都で身を粉にして働くエリッサのもとに『天鷲《アクイラ》』の大宿営地から伝令がきた。蒼い顔をしたその若い男を屋敷に通して事情を聞けば、大宿営地の天幕がめちゃくちゃに破壊され、周辺の宿営地もおおきな被害を受けたという。

「どこの部族が仕掛けてきたのですか」

「象です」

「象を使う部族ですか？」

「いえ、象の群れが、通り道のなにもかもを破壊して走りまわっているのです」

エリッサは目を白黒させて、伝令に復唱させた。やはり、彼は「象が走りまわっている」と同じ報告をする。

「いったい、なぜ？」

「それが、さっぱり……」

「ハミルカル、神殿の書庫に人をやって、記録を調べて貰えますか」

ひとまず人命の被害はなかったことを確認し、安堵する。とはいえ象の暴走は未だに続いているとのことで、早急な対処が必要だった。

　二日後、今度こそ神殿の書庫は役に立った。

「百二十年ほど前に、類似した事象が発生しています」

　若い神官が報告書を読み上げる。

「そのときは天候不順で、スパルテル岬が荒れ、象が大陸に渡海できない日々が続いていた、という記述を発見しました」

　エリッサは小首をかしげる。

「スパルテル岬と象になんの関係が？」

「一部の象の群れはこの時期、大陸に渡り、大陸側の象と交配いたします」

　ハミルカルは用意していたとおぼしき答えを告げる。エリッサはようやく得心がいった。

「今回の異変で影響を受けたのは人だけではなかった、ということですね。暴走したのは、ちょうどそれを邪魔された群れということですか」

　象の側の事情はわかった。問題は、その対策だ。

「百二十年前はどうやって象を止めたのですか？」

「とある小部族から象を鎮静化させる香草を手に入れて、それを象に嗅《か》がせたそうです」

「具体的な部族名を特定してください。私の名前で、その部族と連絡をとりましょう。ことはカル＝ハダシュトの島全体の問題であると認識していただきます」

「とはいえ、その小部族が現在も生き残っているかどうか……」

ハミルカルの言葉に、エリッサは「そういうものなのですか」と訊ねる。

「伝統のある七部族と違い、小部族の多くは余力がありません。五、六世代を経ていれば、その多くは統廃合され、知識の伝承が途絶えていることも少なくはないのです」

「わかりました、では優先順位を変えましょう。象を扱う小部族すべてに伝令を。象の暴走を止めるという目的が果たせるならば、『天鷲《アクイラ》』と『一角犀《リノケイア》』は今後、その部族に対して強力に支援すると伝えてください。具体的な交渉は使者に任せます」

伝令はエリッサの指示を携えて『天鷲《アクイラ》』に戻った。あとはナラウアスが上手くやってくれることを期待する。

「ほかの生き物の行動にも異常が起きていないか、物見を放った方がいいでしょうね」

「そうできれば望ましいですが、とうてい手が足りません」

「では各地に伝令を向かわせる際、現地での調査項目に追加してください。無理のない範囲で、しかしなんらかの報告を持ち帰った者には報奨金を出すように」

ハミルカルにそう命じると、エリッサは穀物の在庫調査の報告書に視線を戻す。

日々届くこれらの資料には多くの矛盾があった。ミスもあれば不正もある。それらに目を通し、不一致を嗅ぎつけるのは、なんだかんだでエリッサの得意な仕事のひとつであった。


更に数日が過ぎた。

　ティグルとリムは、本来の予定であればとうに大宿営地に戻っているはずであったが、未だに便りすらない。だがエリッサは心配していなかった。彼らの身になにかがあったとは思えない。姿をくらますなら、相応の理由があるのだろう。

「ティグルさんも先生も、さっさと戻ってきて欲しいものですけどね」

　忙しく文をしたためながら、呟く。

「『赤獅子《ルベリア》』と『剣歯虎《サベイリ》』も不穏な動きをしていますし……」

　ネリーが魔弾の神子を務めるこの二部族は、島の西方に移動し、カル＝ハダシュトの都からは観測が難しくなっていた。

　ネリーの悪知恵だ、とエリッサは直感している。とはいえ彼女が帰還した証拠はなにもないし、伝令をやっても毎回、「なにかあれば必ずや協力いたしましょう」と快い返事がくる。

「空約束ですね。口だけ上手い詐欺師まがいの商人がよく使う文面にそっくりです」

　エリッサは『赤獅子《ルベリア》』の弓巫女からの文を読んだあと、それをくしゃくしゃに丸めて投げ捨てた。いつになく不機嫌な彼女の様子に、ハミルカルが驚いた顔をする。

「弓巫女ディドー、文章だけでわかるものなのですか」

「過剰な装飾、必要以上に気前のいい文面、でも具体的なことはなにひとつ書いていない。純朴な人が、こういう輩に身ぐるみ剥がされる様子をよくみてきました」

「七部族会議の際にお見かけした『赤獅子《ルベリア》』の弓巫女殿は、そこまで悪い人にはみえなかったが……」

「あのときは猫をかぶっていたんでしょうねえ」

なにせ、ネリーが目立ちまくっていた。弓巫女の方は、じっと黙っているだけでよかった。

「ま、おかげで相手の腹の底がみえました。こちらにとっては都合がいいことです」

エリッサは次の仕事に戻る。やるべきことは、まだまだ山ほどあるのだった。

それでも、いつか終わりは来る。

エリッサが都に入ってから、十日ばかりが経過した。関係各所との主要な調整が終了し、あとは淡々と決められたことを実行していくだけとなった。

ここまで辿り着くにはたいへんな困難と悪戦苦闘があった。人は皆、自分勝手だ。ただでさえ、商人は己の利益のために動くものである。

その利害を調整し、説き伏せ、ときには暴力を背景として黙らせることもした。エリッサの背後にある諸部族の威が役に立った。

その間も、凶報は絶え間なく続いた。

浜に鯨《くじら》の群れが打ち上げられたという報告が入った。

象の暴走で海辺の集落が壊滅したという。

大陸との交通どころか、沖合の小島との連絡すらとれなくなった。海は荒れ狂い、船は内港に留まったまま海門を開けることすらできない。もはやカル＝ハダシュト島は完全に孤立してしまった。

　これがいつまで続くのか。これからどうなってしまうのか。

　人々の不安は刻一刻とおおきくなっていく。

「私にできるのは、来たるべき破滅のときを遅らせることだけです。それ以上は手に余ります。双王代理の権限でやるべきことでもありません。ものごとを善くすることは、ちゃんとした手順で双王の玉座に座る未来の双王に託します」

　エリッサは神殿と商家に対して、きっぱりとそういいきった。

　双王の玉座、とはこの都の王宮の謁見の間に存在する一対の玉座のことだ。エリッサは今回、王宮にはいっさい足を踏み入れていない。

「この事態を解決するには英雄の力が必要です。私はけっして英雄にはなれません」

「英雄とは誰なのですか、弓巫女ディドー。英雄は現れるのですか」

「私は、我が魔弾の神子たるティグルヴルムド卿を信じています。彼が未だ戻って来ないのは、いずこかで事態解決のため奮闘しているからであると、そう確信しております」

　それが人々の希望になるかどうかはともかく、上に立つ者の仕事とは解決までの道筋をつけることである。ひとまず、そのための最低限の仕事は終えた。

「私は間もなく、都を離れ『天鷲《アクイラ》』に戻ります」

エリッサが皆にそう告げた、その翌日の早朝。

大地が激しく揺れた。

突然の地震に慌ててエリッサが屋敷の外に飛び出すと、眼前に広がるのは瓦礫《がれき》の山であった。建物が倒壊し、あちこちで生き埋めになった人々の悲鳴があがっている。

遠くで煙があがっている。火災が発生していた。無事だった人々は、瓦礫の前で呆然としている。都の半分が、一瞬にして廃墟となってしまった。

「ごめんなさい、ティグルさん、先生。私はもうしばらく、ここを離れることができません」

エリッサは静かに呟いた。

†

その日の地震は王都から三日の距離に大宿営地を置いていた『天鷲《アクイラ》』と『一角犀《リノケイア》』にもおおきな被害を及ぼしていた。

いくつもの天幕が潰れ、その下敷きとなった者たちの救助に人手がとられている間に、羊や馬など多くの家畜が逃げ出した。

カル＝ハダシュト島では滅多に地震が起こらない。最後の大規模な地震の記録は六十年ほど

前であるらしい。

不在のエリッサに代わり『天鷲《アクイラ》』で人々の指揮をとるナラウアスは、部族の古老からそのときの話を聞き、今回の地震はそれ以上の規模だな、と見当をつけた。

そこかしこで大地が割れ、深い裂け目が生まれていた。

森では無数の木々が倒れ、一時は火の手があがっていた。もっともそれは、ほどなくして不可思議な力により鎮火されたことが確認されている。昼だというのに、宙を舞い輝く羽虫のようなものをみた、という者もいた。

妖精の仕業だ、と多くの者が呟いた。

先の夢によって、カル＝ハダシュト島のすべての民が、これまで皆が好き勝手に幻想していた妖精という存在について、はっきりとした姿かたちを認識している。

その妖精たちが、陽光が降り注ぐ時間に、人々の目に触れるかたちで現れた。それがたとえ森の奥であるとしても、である。

それは妖精が溢れかえるあの夢を想起させた。

人々が動揺するには充分であった。

「落ち着け、落ち着け！　マゴー老が森にでかけた。必ずやよい便りを持ち帰って来るだろう。まずは天幕を片づけろ。次に馬と羊を追うのだ。怪我をした者だけでなく、四肢や頭を強く打った者は念のため薬師のもとへ行け。弓巫女様が戻ってきたとき、無様な姿をみせるわけにはいかんのだぞ！」

ナラウアスはそう宣言して、部族の男女が噂話に興じるのを止めさせた。与えられた仕事を果たしている間は益体もないことを考えずに済むものである。

近くに大宿営地を張っている『一角犀《リノケイア》』の戦士長ガーラから文が来た。あちらもかなり混乱しているようだ。『一角犀《リノケイア》』の宿営地のひとつが、暴走した獅子の群れによって被害を受けた、という。これが象であれば、もっとたいへんなことになっていただろうなと思う。

「いっそう、周囲の警戒を厳にするべきか」

しばし考え、馬丁を呼んだ。部下と共に、いちど草原の様子を観察してみよう。

もとより彼の本質は、戦士なのだ。

「馬の上なら、本当の俺に戻れる」

天幕のなかに座って指示を出すより、馬に乗って野を駆ける方が、よほど性に合っている。

残念なことに、それが許されるほど部族の人材は豊富ではないのだが……。

「ディドー様が戻ってくれれば……」

彼女が弓巫女の地位にまったく拘泥していない、それどころか機会さえあれば放り投げてやろうと考えていることなど承知のうえで、どうしても彼女に期待してしまう。

「誰しも、本当の自分に戻りたいものか」

馬丁の連れてきた毛並みのいい馬の背を撫でて、苦笑いした。もはや帰らぬ日々を懐《なつ》かしんでいても仕方がない。


ナラウアスは五騎の供を連れて出発した。

六騎が、草原をだく足で駆ける。

太陽が西の空に半分ほど傾いたころ。馬のたてがみがリズミカルに揺れる。

裸の上半身を強い風が吹き抜けた。気持ちがいい。これだから、馬で駆けることはやめられない。

供の者たちも同じ気持ちのようで、久しぶりに皆が晴れやかな笑顔をみせていた。

「ずっと、こうして駆けていたいですな！」

少し年下の友が、馬の轡を並べて、風に負けずに叫ぶ。

「毎日、こうして馬の背に乗って、どこまでも駆けていた日々が懐かしい」

「去年の今ごろは、またこんな日々が戻ってくるとは思ってもみませんでした。すべてディドー様のおかげです」

「そうだな」

その弓巫女ディドー、すなわちエリッサがどんな想いを抱えて『天鷲《アクイラ》』のため身を粉にして働いてきたか、知る者は少ない。部族でも、ナラウアスたち一部の幹部だけが知ることだ。

エリッサが気安く愚痴《ぐち》を吐く相手は、ティグルとリムが来るまで、ナラウアスたち数名しかいなかった。部族の情勢が、為政者《いせいしゃ》が弱音を吐けるほど楽なものではなかったから、というのもある。ずっと綱渡りだった。ようやく最近、未来について考えられるような余裕ができたばかりなのである。

ナラウアスはエリッサの夢を知っている。彼女がジスタートという遠い北の地に己の店を持っていて、信頼できる使用人がいて、いつかそこに戻ると心に決めていることを。

対して『天鷲《アクイラ》』の者たちは、弓巫女ディドーさえいれば今後も安泰《あんたい》だと口々に語っていることを。両者の思惑のズレを知るナラウアスは毎日、胃痛に悩まされている。

「馬はいい。本当にいい」

思わず、呟いた。

「まったくですね！　たまにはこうして、また共に、野を駆けましょう！」

彼の気も知らず、友はさわやかに叫ぶ。

ふと、草原の果てに煙がみえた。ナラウアスは目を凝らす。

「あれは、なんだ？」

「土煙……なにかの群れが駆けているのでしょうか」

「行ってみよう」

嫌な予感がした。土煙が目指す方角には、『天鷲《アクイラ》』の宿営地のひとつがあるはずだ。

果たして、懸念の通りだった。土煙の正体は、百頭以上の象の暴走だったのだ。

「地震のせいで、象たちは動揺しているのだ」

同行する男たちの顔色が蒼ざめる。

「どういたしましょう」

「おまえたちは、この先の宿営地に知らせろ。すぐ避難させるんだ」

ナラウアスの命令に、男たちはすぐさま従う。『天鷲《アクイラ》』の戦士長は、ひとり象の集団のそばに残った。誰かがこの群れを監視する必要がある。

距離をとって、象の群れを追った。

馬がちっぽけにみえるほどの巨体が、地響きと共に集団で駆けている。地面が揺れて、馬の足がすくむ。ナラウアスは時折、怯える馬をなだめつつ、追跡を続けた。

夕日が西の空に落ちていく。気の早い星が茜色の空に瞬いた。

夜になれば、この暴走は止まるだろうか。

だが、すでに宿営地を囲む柵がみえるほど近くまで来ていた。ここで止められなければ、あの象の群れが無防備な人々を蹂躙《じゅうりん》する。

一か八かで、ナラウアスは象の群れの前に出た。弓に矢をつがえ、先頭の象に放つ。

だが、弧を描いて飛んだ矢は象の分厚い皮膚に弾かれてしまった。無論、いきりたつ象は痛痒《つうよう》を感じず、突進の勢いは微塵も緩まない。

「無理か」

万策尽きた。

振り仰げば、宿営地の柵の付近で慌てふためく男女の姿がみえた。あの様子では、避難もほとんど進んでいないに違いない。

ここでナラウアスひとりが象の群れに身を投げ出したところで、犬死にもいいところである。

憤然としながらも、馬の手綱を握って群れの横に退いた。

ナラウアスの馬の横を、象の群れが駆け抜けていく。

と――暴走する象の群れの先頭で、黄金色の光がきらめいた。

「なんだ、あれは？」

馬を駆けさせ、象の群れを追う。

みるみる群れの勢いが弱くなっていく。ナラウアスの馬は象の群れを追い抜かし、あっという間に先頭に出た。
八、九歳とおぼしき幼い少女がひとり、象の頭の高さで宙に浮いて、先頭を駆ける象の額にちいさな掌を当てていた。
少女は北大陸の生まれとおぼしき、白い肌をしていた。黄金色の輝きは、その掌から生まれているものであった。

黄金の髪が風に揺れていた。蒼いおおきな瞳が、まっすぐに象の瞳をみつめていた。

「だいじょうぶ、だいじょうぶ、です」

少女は、象に言い聞かせるように、なんども「だいじょうぶ」と呟いていた。

「なにも、心配しないでください。だいじょうぶ、です」

彼女が言葉を紡ぐたびに、象の群れは勢いを失っていく。

「これは、いったい――」

ナラウアスのそばに戻ってきた年下の友が、呆然として立ち尽くす。ナラウアスは目を凝らして少女をみつめた。どこかでみたことがあるような気がする。

「あ、ああ――知っている！　俺はあの子を知っているぞ！」

少女をみて、部下のひとりが叫ぶ。

「夢だ！　夢の子だ！」

その言葉で、ナラウアスも気づく。

そう、あの夢だ。島中の者がみた、不可思議な夢。そのなかに出てきた、とうてい人とは思えぬ気配を放つ存在こそ、まさに目の前で宙に浮く少女そのものではないか。

象の群れが、足を緩め、そして静止する。

暴走が止まった。

少女は、おおきく息を吐くと、先頭の象の背にまたがった。背をゆっくりと、なんども撫でる。

「いいこ、いいこ、です。あっちに、いきましょう。だいじょうぶ、こわがることなんて、なにもないのです」

少女が笑う。花が咲くような笑顔だった。

二頭の馬が駆けてきて、象に乗る少女のそばに寄った。ナラウアスはまたも目を瞠る。馬上から少女に親しげに話しかけるのは、遠征中のティグルヴルムド＝ヴォルンとリムアリーシャ、『天鷲《アクイラ》』及び『一角犀《リノケイア》』の魔弾の神子と『一角犀《リノケイア》』の弓巫女であったのだ。

「サンディ、急に飛び出して、びっくりしたじゃないか」

「この子たち、泣いてました！」

「遠くから、気づいたのか」

「はい！　泣く子はなだめろ、と聞きました！」

サンディと呼ばれた少女が、えっへん、と胸を張る。

ティグルは仕方がないなとばかりに笑みを浮かべて、少女に手を差し出した。

少女がふわりと浮いて、ティグルの腕のなかに飛び込んだ。そして――。

「お父様！　お母様！」

とてもいい笑顔で、ティグルとリムを、そう呼んだ。

†

日が暮れて、月が昇る。

『天鷲《アクイラ》』と『一角犀《リノケイア》』の大宿営地に一千騎の遠征軍が帰還し、さっそく盛大な宴が催されることとなった。

とはいえ、それを率いていたティグルとリム、ソフィーの三人は、宴に交ざる暇もなく、ナラウアスと共に天幕にこもっている。

早急な情報の共有が必要だった。

ティグルたちは、夢からしばらく、島の各地で発生した異変についてまったく知らなかった。ナラウアスは、ティグルたちがなにを為したのか、そして夢に出てきたあの存在と同じ姿かたちをした少女はなんなのか、聞かなければならなかった。

天幕に敷かれた絨毯に、円を描くように座る。ティグルとナラウアスが対面に座り、その左右にリムとソフィーが陣取った。

リムの膝の上には、サンディが頭を乗せて、すやすやと寝息を立てていた。

互いの説明は深夜まで及んだ。

「にわかには信じられない話です」

すべてを聞き終えたナラウアスは、おおきく息を吐いて素直な感想を告げる。ティグルたちは一様に苦笑いした。さもありなん、と彼らも思っているのだ。

天の御柱の森で、妖精の女王を自称する巨大な黒猫と出会った話。その子孫であるという子猫テトに導かれて、天の御柱でティグルとリムが結ばれたこと。

それによって、この島で長年にわたって蓄えられてきた力が解き放たれ、いまリムの膝で眠っている少女の姿となって現れたこと。

「信じられないのも無理はないよ」

「ですが、信じましょう。その子がひとりで象の群れを止めた場面をこの目でみたばかりですからな」

「気づいたときには、この子ひとりで飛び出していたんだ。空を飛んで、あっという間に。慌てて追いかけて、追いついたときには……あとはナラウアス、あなたがみた通りだ。まったく、迂闊だったよ。こんな帰還になるとは」

「迂闊といっても、子どものやることでしょう。馬の頭から尻尾まで、すべてを見守ることは難しいものです」

この地独特の慣用句で、ナラウアスはティグルを慰める。

実際のところ、あれは問題のある行動だった、と皆が一致して認識している。誰の目にも明らかに、サンディという少女の異常性を知らしめてしまった。

そもそも彼女の外見は夢に現れた不可思議な存在にそっくりなのである。

そのうえで、宙を飛び、象の暴走をひとりで止めるという、まさに奇跡の御業を多くの部族民が目撃してしまった。これが兵だけならともかく、宿営地から象の群れを観察していた多くの民もまた、その様子をみてしまっている。

明日には、『天鷲《アクイラ》』と『一角犀《リノケイア》』中にサンディの存在が伝わっていることだろう。

もっともサンディの情報に関しては、そもそもティグルたちと共に遠征していた一千騎も宴が終わればそれぞれの宿営地に戻るのだ、遅かれ早かれ広まることではある。

「いまからでも口止めしては？」

「無駄だと思うわ」

ソフィーが言った。

「一千人の兵のすべてが、家族にすらサンディのことを語らないなんて、ありえないもの。情報は、どこかからか絶対に漏れるわ。その前提で対策を立てた方がいい。これは公主としての経験からの助言よ」

ソフィーの言葉に、こちらは公主代理であるリムがうなずいている。

人の口に戸は立てられない、と彼女たちはよく知っていた。それは北大陸でも南大陸でも変わらない真実なのであると。

ナラウアスは気持ちを切り替えて、「ならば、夢とこの少女について、民にはいかが説明いたしましょうか」と訊ねる。

「不穏な噂が広まる前に、民を納得させせねばなりますまい」

「それについては道中で話し合った。俺たちも夢については動揺したし、その解釈についてあれこれ考えたよ。——ところで、エリッサは、あれがネリーの攻撃だと考えているんだな？」

「ええ、ディドー様はそう考えておられるようでした」

「俺たちは、さすがにその一点に絞り込めなかった。いろいろな可能性があると考えたよ。この地の神がやっぱり生きていて、なにかを伝えてきたのかもしれない、とか。別の神が干渉してきたのではないか、とか。あとは、魔物とか……」

「魔物、ですか」

「いや、これは忘れてくれ。たぶん今回は関係がない。話を戻すが、エリッサがそう感じたなら、八割がたそれが正解なんだろう。こういう時の彼女の直感は、へんな理屈よりも、よほど信じられる気がする」

「ティグルがそこまでの信頼を抱くことについて少し嫉妬《しっと》を覚えますが、私も同感です。弓の王を名乗る者のことに関しては、なおさらですね」

エリッサについて、この場で誰よりもよく知るリムが言った。

「我々が、ほかの部族と遭遇せぬようまわり道をしながらここに戻ってきたのも、なるべくネリーとその配下の陣営に情報を与えたくなかったからです。少しでも長く、この子の情報を秘匿《ひとく》したかった、というのもあります」

リムは穏やかな表情で、サンディの金色の髪をそっと撫でた。サンディは幸せな夢でもみているのか口もとをにやけさせて甘えた声を出す。

「彼女がどんな存在であったとしても、私は彼女を守りたい。そう願います」

「俺も同じ気持ちだ」

それぞれお父様、お母様と呼ばれるふたりはかたい決意でそう告げる。ナラウアスとしても、子を守るという彼らの意志に異存はない。

問題は、それをどう部族の利益とすり合わせるか、なのだが……。

「ひとまず部族の主要な人々を集めて、ある程度の情報は正直に開示しようと思う。エリッサは都にいるという話だけど、戻って来られるだろうか」

「最後の報告では、地震が起きて建物の多くが崩壊し、その処理に手間取っていると。難しいかもしれません」

「なら彼女抜きで、長老たちを説得する必要があるか……」

ティグルは腕組みして唸る。こういうとき、弓巫女ディドーという年寄りに好かれる少女の存在は得難いものだとナラウアスも感じる。

「仕方がない。ひとまず、明日だ。まずはやってみて、それから考えよう」

†

『天鷲《アクイラ》』部族において、弓巫女ディドーの人気は絶大だ。

部族の窮地を救ったのが彼女だからである。『一角犀《リノケイア》』との戦いで熟練の戦士が多く討ちとられ、過酷な撤退戦についていけなかった年寄りは数を減らした。ディドーが指導力を発揮しなければ、いまごろ『天鷲《アクイラ》』は消滅していただろう、と誰もが確信している。

実際に『一角犀《リノケイア》』との決戦で兵を率いたティグルでも、ディドーの後見がなければ、彼の弓の腕を間近でみている戦士たちはともかく、女子どもや長老と呼ばれる人々がついてきてくれるかどうかはわからない。『天鷲《アクイラ》』において、ディドーという名にはそれほどの力があるのだった。

この部族は、ティグルを英雄としてみていた。

『一角犀《リノケイア》』においては、少し事情が異なる。『天鷲《アクイラ》』と激しく戦い、ティグルによって敗れた自分たちに勝った英雄であるからこそ、彼を尊ぶ。

力こそすべて。そういう文化がこの部族にはある。故に、弓巫女リムも自然に受け入れられた。彼らに勝った者が彼らの部族の矢を受け継いだのだから、これはもう天の導きであると。

とはいえ、部族のすべての者が無条件でティグルとリムに従順であるかといえば、そういうわけでもない。そのあたりは戦士長であるガーラの人徳の賜物で、彼のフォローによって部族全体がまとまっているといってもよかった。

今回、ティグルたちの遠征に際しても、ガーラのおかげで部族全体が混乱なく日々の営みを続けられている。白肌の民であるメニオが部族の財政を握ることができているのも、ガーラが後ろ盾となっているからだ。

そんな二部族であるが、ティグルたち遠征隊の帰還から一夜が明け、戦士たちがそれぞれの部族に戻ったことで、遠征中の情報の共有が為された。

部族の者たちが特に聞きたがったのは、サンディという少女について、である。

皆が、夢のなかにいた存在にそっくりの少女がなにものなのか知りたがった。

「サンディ、彼女はいい子だよ。なにより、馬の気持ちがわかる娘なのだ」

部族のもとに帰還した戦士たちは、口々にそう語る。馬の気持ちがわかる、というのは草原の民にとって最高の褒め言葉である。

兵は家族に対して、友人に対して、恋人に対して、サンディがティグルとリムの娘であり、天の御柱から生まれた存在であることを包み隠さず語った。

ティグルからの指示であった。下手に隠しだてをしても仕方がない。不可思議な力を持つことも、サンディとしばらく行動を共にした兵たちはよく知っていた。誰よりも上手く馬を手懐《てなず》け、それどころか生き物と会話することすらできることを彼らは語った。

ついでに、いつもサンディのそばにいる子猫テトが妖精であることも。

もっともテトについては、たいていの場合、「妖精なら、さもありなん」で話が終わった。

部族の者たちにとって、森に妖精が棲むことは当然の理解であった。自分たちに近づいてくれるなよ、とは思っているが、それはそれとして存在そのものは否定しない。

サンディについてはまったく事情が異なる。彼女がなにものなのか、ヒトなのか、妖精に近い存在なのか、それとも神のようなものなのか。

彼女はこれから、どのような存在となるのか。人々が知りたいのは、そこであった。

『天鷲《アクイラ》』の大宿営地に張られた、天幕のひとつ。羊毛で編まれた絨毯が敷き詰められている。ティグルは、ナラウアスと長老と呼ばれる六人の老人と共に、輪になって絨毯に腰を下ろしていた。

老人たちは、香草の茶を飲みながら、ティグルの前で雑談をしていた。

皆、おだやかな態度で、ティグルとナラウアスに何杯も茶を振る舞った。あらかじめ聞いていたが、長老との話し合いは本題に入る前が長いのだ。

老人たちの雑談は、生まれた赤子たちの話、女たちがつくる料理の愚痴から、近隣の小部族の様子にまで及んだ。ティグルとしては目新しい話題も多く、ついつい聞き入ってしまう。

マゴー老の近況も話題に出た。マゴー老は長老ではないが、森については彼らの誰よりも詳しい。奇人ではあるが、皆が一目置く人物だ。

彼らの話によれば、マゴー老は最近、なんども森に通っているものの、あまり妖精と話ができないと気落ちしているとのことであった。あとで話を聞いてみる必要があるだろう、と頭の片隅に入れておく。

やがて、皆が口を閉じた。全員がティグルをみた。

合図だ、と理解して、ティグルは簡潔に現状を説明する。主に天の御柱で起こったこと、なかでもサンディについてだ。老人たちは口を挟まずティグルの言葉に耳を澄ませた。

今、『一角犀《リノケイア》』ではリムが同じ説明をしているはずである。

ティグルが話を終えると、ふたたび雑談が始まった。

こんどは昔話が多かった。

ナラウアスの幼少期、いかに暴れん坊だったかという話には、『天鷲《アクイラ》』の誇る戦士長が肩を縮こまらせて恐縮していた。

「子は宝よ。草原で生まれた子は、草原で育ち、草原で死ぬ。どんな子であっても、草原の風は優しく慈《いつく》しむように子を包む。今も昔もそれは変わらぬ」

ひとりがいった。

別のひとりは、首を横に振る。

「『地蝿《ソムスカ》』の忌《い》み子《ご》のようなこともある。拾い子を育てた結果、親はその子に裏切られ、一族が根絶やしにされた」

『地蝿《ソムスカ》』は、かつて存在した小部族の名前だとナラウアスがティグルに耳打ちした。天災でおおきな打撃を受けたあと、敵対する部族に滅ぼされた。およそ五十年前のことだ。

「それは子に対する扱いがよくなかった、と聞く」

「部族に度量がなかった。故に滅びたのだ」

「誰だって生まれたときは人の子だ。七本の矢にかけて、それを忌むことは、正しいことであろうか」

彼らは過去の事例に照らしてサンディを推《お》し量《はか》ろうとしている。ティグルは黙って老人たちの話に耳をかたむけた。

「あの娘をこのままにしておいては、夢のような光景が生まれるのではないか」

やがて、鋭い意見がティグルに飛んだ。

ティグルの隣に座るナラウアスが、声をあげた老人の名と立場を囁《ささや》く。ティグルは軽くうなずいてみせた。

「俺も夢はみました。けっして、あの夢のようなことはさせません」

「どうすればいいのか、わかっているのか」

「これぱかりは、子育てを失敗しないこと、としかいえません。俺は子育てが初めてですから、皆さんのお力にすがることもあると思います」

ひとりの老人が呵々《かか》と笑った。

「たしかに、神の子の子育てを失敗するわけにはいかんな」

「笑い事ではない。現にこの島の外の海は荒れ放題だ。先日はおおきな地震があった。都では多くの建物が倒壊したと聞く。すべて、あの娘の仕業ではないのか」

「サンディは人を困らせて喜ぶような子ではありません。もしなんらかの力が働いているとしたら、それは長年、この地に溜まった力を解放した影響かもしれません。それが余波、強い風が吹いたあと舞い上がる砂のようなものであれば、ほどなくして収まることでしょう」

「収まらなければ、どうする」

「別の原因がある、と考えます。そのために準備をする必要があります」

「別の原因というものに、心当たりがあるのか」

「ネリーです」

ネリーについてのおおまかな情報はすでに老人たちと共有している。彼女のことはディドーの方が詳しい、という但し書きをつけて、である。

「我らの弓巫女様が警戒なさる、『剣歯虎《サベイリ》』の弓巫女にして『剣歯虎《サベイリ》』と『赤獅子《ルベリア》』の魔弾の神子か。行方不明と聞くが?」

「『剣歯虎《サベイリ》』の矢は他の弓巫女を選んでいません。彼女は生きているということです。これだけ長い間、行方をくらましている。なんらかのたくらみがあると考えるのが自然でしょう」

老人たちはうなり声をあげて、互いに顔を見合わせた。

「どのようなたくらみだ」

「獲物を罠にかける、狩人のやり口ではないか？」

「二頭の獅子を争わせ、弱ったところを叩こうというのでは？」

妖精や神といった現象には強い畏怖と恐れを抱く彼らであったが、ことが戦略、戦術となれば話は早い。彼らも若いころは戦士だった。数多の過酷な戦いを経て老いることができたということは、それだけの技量と頭脳を示したということである。

ティグルは内心で安堵した。こういう風に話を持っていけば、と段取りを立てていたのだ。子どもの頃、狩りを教えてくれた狩人もそうだった。老いた戦士たちは迷信深く頑固だが、こと戦いのことになれば、驚くほど深い洞察をみせてくれる。

「あの夢も策略とすれば、我々がここであの娘についてどうこう言うことすらも『剣歯虎《サベイリ》』の弓巫女の掌のうえ、となろう。しかし、魔弾の神子殿のおっしゃることがすべて正しいとも限らぬ」

「ディドー様がおっしゃるのだ、我らはディドー様を信じてついていくべきであろうよ。なに、失敗したとしても、それはそのときであろう」

まったく、エリッサは慕われているな、とティグルはあの少女に感嘆の念を抱いた。

ティグルとて、アスヴァールでの戦いを通じて人を率いる術をある程度は身につけた自負がある。しかし、一介の商人を自称するあの少女は、こうも深く、この地の人々の心に信頼の根を植えつけていた。

彼女の言葉なら信じられる、彼女に従って駄目だったら、それはもうなにをしても駄目だったのだ、と。

「他の部族の出方は気になるな」

ひとりの老人がぼそりと言う。

皆が同意を示した。

小部族や商家の者はそれぞれの宿営地に何人も訪れている。加えて、現在は都に近い位置に大宿営地を置いていた。必然、人の出入りも増えている。

ただでさえ、これだけ噂になっているのだ。サンディの存在は、たちまち余所にも伝わることだろう。『天鷲《アクイラ》』と『一角犀《リノケイア》』のもとに戻ったいま、もとよりティグルたちとしてはサンディを隠すつもりもない。

「弾き語りが渡るのを待つのも手よ」

「いや、風に任せていては機を損なうであろう」

サンディについての噂は、たとえ口止めしたとしても、ほどなくしてほかの部族に流れるだろう。

ならば今、このときが絶好の機会である。自分たちから存在を知らしめることで、広報において先手を打てるからだ。このあたりの計画は、リムやソフィーと入念に打ち合わせていた。

さて、現在友好的な関係を保っている『黒鰐《ニーゲラ》』と『森河馬《ハイポータ》』はどう動くだろうか。そして無数の小部族は、都の商家は……。

「『黒鰐《ニーゲラ》』と『森河馬《ハイポータ》』については、俺が文を出すつもりです」

「いや、それならばわしが行こう。マシニッサとは長いつき合いだ。直接、説明した方がよかろうて」

最初にサンディについて疑念を呈した老人が、ティグルに対してにやりとしてみせる。

「なに、あいつはわしほど頭が固くないさ」

†

ティグルが長老たちと話をした日の夕方、リムとソフィーはサンディと共に『一角犀《リノケイア》』の大宿営地から戻ってきた。

ティグルは彼女たちから話を聞いた。『一角犀《リノケイア》』の長老たちからは、おおむね良好な反応を貰ったという。なんといってもリムは『一角犀《リノケイア》』の弓巫女だ。矢に選ばれた者の娘であるというなら部族の娘である、というのは、部族民にとって、とても強い理屈なのであった。

加えて、サンディを実際に長老たちにみせ、触れ合わせたというのもおおきかったという。人懐《ひとなつ》っこいこの少女は、あっという間に長老たちを魅了してしまったのだとか。

「こんな無邪気な娘が、邪悪であるはずもない。私がおじいちゃんだ」

長老のひとりはそう宣言したという。

サンディ自身は、例の夢をみていない。

なぜ皆が自分のことを噂しているのかについては理解しているものの、夢のなかのおそろしい存在を自分に重ね合わせる人々が敵意を示してきた場合、どうするべきか考えておく必要があった。

遠征隊の戦士たちは、夢より先にサンディと出会い、この少女がいささか常軌を逸《いっ》しているとはいえ邪悪な存在ではないと理解している。大宿営地に戻ってからのサンディは、旅の疲れからかすぐに寝てしまい、そして一夜明けての『一角犀《リノケイア》』の大宿営地への移動である。これまで、悪意に晒《さら》される、ということがまったくなかったのだ。

そんな悪意は、『天鷲《アクイラ》』の大宿営地に戻ってすぐ訪れた。

ティグルたちがちょっと目を離した隙に天幕の外に出てしまったサンディに対して、石を投げつけた子どもが出たのだ。

幸いにして、石はサンディに当たらず狙いはそれた。あとでティグルが聞いたところによれば、彼女は石を投げた十二、三歳の少年の方に向き直り、きょとんと小首をかしげたという。

「悪魔！」

少年はそう叫んだ。この地の物語には、人を惑《まど》わせる邪悪な存在として、悪魔というものが出てくる。現実に存在する妖精とは違い、悪魔は一般的に架空の概念として認識されていた。

「出ていけ！　この島から出ていけ！」

慌てて、まわりの大人たちが少年を止めた。だがサンディは、少年に興味を抱いた様子で、彼のもとへてこてこ歩くと、上目遣いでじっとみつめる。

「な、なんだよ。俺を殺すつもりか」

「死んだら、みんなが悲しいですよ？」

「なに言ってるんだ、おまえ」

「みんなと仲良くしましょう、とお父様とお母様が言いました。仲良くしましょう」

「そ、そんなこと言っても、騙されないぞ！」

「騙す、嘘、ですか？　お父様とお母様は、嘘は駄目だけど、必要なこともある、と言いました」

「そらみろ！　俺たちを騙す気なんだろう！」

「でも、あなたは禿げていませんし、悪いところもないです。悪いところをみてもすぐ話さない、それは、ついていい嘘です」

少年を羽交《はが》い締《じ》めにしていた男が手を離し、己の頭をさっと撫でた。少年は自由になったが、毒気を抜かれた表情でおとなしくしていたという。

「仲良く、なれますか？」

サンディが右手を差し出す。少年は少し呆然としながらも、その手を握った。

「おまえ、手がちいさいな。折れちゃいそうだ」

「折っちゃ、駄目です」

「わかってるよ」

あとでサンディに「どうして、天幕の外に出たんだ」と訊ねてみたところ、こんな返答がきた。

「風が気持ちいい、と言われました。みんなで風を浴びよう、と誘われました」

「言われた、とは誰に?」

「馬、です!」

サンディは、わーっ、と両腕を持ち上げると、手を左右に曲げてぴょこぴょこと動かした。両手を馬の耳に見立てているようだ。

「馬の声を聞いたのか。そういえば、聞こえるんだったな」

馬のいななきなど、この大宿営地ではいつも当たり前に聞こえてくるから、まったく気にもしていなかった。ほかの皆もそうだろう。だが目の前の少女だけは、そのいななきのなかに言葉を見いだした。

「今回のことでわかっただろう。勝手に俺やリムのそばを離れてはいけない。サンディに危険が及ぶかもしれない」

「きけん、ですか？」

「不思議な夢をみて、皆が不安になっている。しばらくの間、おとなしくしているんだ。わかるね？」

「わかり、ました！　お父様の言う通りにします！」

元気のいい返事だった。もっとも、どこまでわかっているのか、ティグルとしてはいまひとつ不安でならない。

「ソフィー、できるだけ、この子をみていてくれるか」

「わたくしに子守りをさせるのね。でも、いいわ。だってこの子、とても可愛らしいんですもの」

ソフィーはサンディのそばにかがみ込み、目線を合わせると「サンディ、ぎゅっとしていいかしら」と訊ねた。

「駄目です」

「な、なんでかしら？」

「ソフィーは、なんか、こわいです」

サンディに拒絶され、ソフィーは涙目になってティグルをみあげる。

「ティグル、なにか言ってあげてよ」

「娘の意思が最優先だ」

彼女が最初にサンディに対して鼻息荒く迫ったのが悪いのではないか、とまでは言わないでおく。

†

『黒鰐《ニーゲラ》』と『森河馬《ハイポータ》』には、それぞれの部族と親しい長老が向かった。

マシニッサから得た最新の情報によれば、魔弾の神子を失い弓巫女が代替わりした『砂蠍《アルピラ》』はなりふり構わず遠く南西の地に逃走したという。『森河馬《ハイポータ》』の弓巫女は、魔弾の神子を討たれたことに対する復讐は果たしたと宣言し、闘争の幕引きを行った。

『砂蠍《アルピラ》』で戦える者は、すべて合わせても、もう五百人に満たないだろう、とのことである。普通に考えて、ここからの立て直しは不可能だった。

次の段階に移るべきときだ、とマシニッサが考えているのは明らかだった。

『砂蠍《アルピラ》』が暴れている間に、カル＝ハダシュトをとりまく状況はおおきく変化していた。まず双王を立てるため動くべきか、それともほかの不穏の種に目を向けるべきなのか。あるいは、夢について本格的に調査するのか。

「マシニッサと争いたくはないな」

「同感ですね」

それが、ティグルとリムの正直な気持ちである。『黒鰐《ニーゲラ》』と『森河馬《ハイポータ》』は精強で、『砂蠍《アルピラ》』との戦いでもほとんど損耗していないようである。両軍合わせて、一万五千騎ほどか。対して少し前まで激しく争っていた『天鷲《アクイラ》』と『一角犀《リノケイア》』は、二部族合わせて、その半分がせいぜいである。地力の差は明らかだった。

加えて、それを率いるのがマシニッサという歴戦の将なのだ。ティグルたちがまともに当たれば、たちまち壊滅の憂《う》き目に遭うであろう。

「順当にマシニッサが双王になって、それですべてが解決すればいいんだが」

「ネリーが生きている以上、『赤獅子《ルベリア》』と『剣歯虎《サベイリ》』はそれを許さないでしょう。ここまでのことをしているのです。必ずや、狙いがあるはず」

「ネリーの狙いは双王じゃないだろう」

「ですが彼女も、ここで双王が立つことは望んでいないでしょう。カル＝ハダシュトがひとつにまとまっては困るはずです」

「ティル＝ナ＝ファを降臨させるためには、か」

妖精の女王を名乗るあの太った雌猫の言葉が正しければ、ネリーの狙いは、神をこの地に降ろすことだ。

その神の名は、ティル＝ナ＝ファ。ブリューヌ王国とジスタート王国においては、神々の王ペルクナスを主神とする十の神々が信仰されている。

その十のうちの一柱が、ティル＝ナ＝ファだった。

ペルクナスが太陽と光の神なのに対して、ティル＝ナ＝ファは夜と闇と死の女神である。この女神はペルクナスの妻であり、姉であり、妹であり、そして生涯の宿敵であるという。

ティル＝ナ＝ファは、ティグルの持つ黒弓とも関係が深い存在らしい。

それを知ったティグルとリムは、天の御柱でこの大地に長年に亘《わた》って蓄えられた、本来は名前を失った神のための力を解き放ち、この巨大な力を無駄遣いした。結果として降り立った存在が、サンディである。

故にネリーがティル＝ナ＝ファを降ろすために使うはずだった力は、もう存在しない。

そのはずなのだ、が。

後日、この島のすべての者が夢をみた。それはサンディが神となって、夜が世を包み、妖精たちが森の外に溢れる夢であった。この大地の人々はサンディに跪き、彼女をうやうやしくティル＝ナ＝ファと呼んで、あがめ奉っていた。

夢の翌日、一千騎の戦士と共に帰還の途上にあったティグルたちは、あれがなんだったのか話し合った。ただの偶然ではありえないし、なんの意図もないとも思えなかった。

黒い子猫のテトによれば、「残されたわずかな大地の力が引き出された形跡があります」とのことであり、サンディを呼び出したことによりほぼ枯渇していたものの残滓を利用したことだけは明らかであった。

「誰かが大地の力を利用したんだ。誰だかわかるだろうか」

「猫にもわからないことはあります。ことに、故郷を離れた旅の猫には」

「ネリーの仕掛け、か?」

ティグルの言葉に、リムとソフィーは迷いながらも、「その可能性が高い」とうなずく。

「サンディという存在をこの島のすべての者に知らしめることにより、争いの種を蒔いた。弓の王を名乗る者の仕業なら、そういうことかしらね」

「ひとまず最悪を想定しましょう。ソフィーの想定の通りなら、ますます、ほかの部族に見つからず帰途につくことが肝要となります」

幸い、テトの導きによって、小部族を避けながらまわり道をすることは可能であった。

おかげで帰還までかなり日数がかかってしまったが、今の状況から鑑みると、これも必要なことであったように思う。情報面で先手をとれるということだ。

サンディが大宿営地に現れてまだ一両日。

にもかかわらず、多くの者たちが不安を訴えた。先手を打って長老たちに助力を仰いだおかげで、彼らは手分けして宿営地をまわり、人々を説得してくれている。

それでも目の届かないところは出てくるだろう。それらに対処するために、ティグルとリムはしばらく『天鷲《アクイラ》』と『一角犀《リノケイア》』から離れられない。

これはこんごの作戦の手足を縛る。ネリーを捜しに行くことはもちろん、都のエリッサを手助けに行くことも、マシニッサたちと直に話し合うことも難しいということだ。

夜になって、テトがティグルたちの天幕にやってきた。

サンディがまっさきに黒い子猫に気づき、駆け寄って抱き上げる。テトはおとなしく、サンディに撫でられるままになっていた。

「どこに行っていたんだ」

「この地の同胞に挨拶を。猫は礼儀を忘れないのです」

「なにか、話を聞いてきたか。潮の流れが変わった理由とか、地震が起きた理由とか、そのあたりについて見当がつくなら教えて欲しい」

「島が閉ざされたのは、神が降りる準備が進んでいるからでございます」

テトは可愛らしく鳴いて、己を抱きかかえるサンディをみあげた。サンディがきょとんとする。

「テト、降りますか？」

「いえ、このままで」

「はい！」

サンディに喉をくすぐられ、テトは気持ちよさそうな鳴き声を漏らす。

「海が荒れたのも、おおきな地震も、ネリーの仕業なのか？」

「なにもかもが誰かの所業であると断じるのは下僕たちの悪い癖です。それは、ただ風が吹いて落ち葉が舞うように自然な、あなたがたの行為に付随する作用にすぎませぬ。本来であれば、もっとおおきな変化が訪れたでしょう。それがこれだけで済んだのです、下僕たちにとっては幸いといえましょう」

「別の出来事の余波みたいなもの、と？」

「あなたがたがまぐわった結果です」

「天の御柱での儀式か」

　想定のひとつではあったが、自分たちのせい、という事実を突きつけられると考えさせられるものがある。

「長年にわたり大地に蓄えられた力が別のかたちで解放されていれば、もっとおおきな風が吹いたでありましょう」

「現状はまだマシ、ということだな。そのうち、もとに戻るんだろうか？」

「おそらくは。気が長い我らとて、すべてを知るわけではございませぬ」

「ありがとう、それだけでもエリッサに伝えておけば、安心するだろう」

　都の混乱を鎮めるためには、希望が必要だ。エリッサに必要な情報を伝えておけば、あとは彼女と神官たちがなんとかしてくれるに違いない。この地から動けず手足を縛られた格好のティグルとしては、そう願うしかない、ということでもある。

　ふと、思った。

「妖精たちは、ティル＝ナ＝ファが降りたら喜ぶのか？」

「ある者たちは喜びましょう。この地が我らのものとなるのですから。ある者たちは悲しみましょう。この地のありようが変化するのですから。すべての猫にとって喜ばしいことなどありませぬ。テトは世の理はそういうものだと理解しております」

海が荒れて船が出せなくなれば、陸で果実を売る者たちは、果実の値が上がって喜ぶだろう。妖精たちとて、一枚岩ではないということか。

†

カル＝ハダシュトの都にある『天鷲《アクイラ》』の屋敷にて。

エリッサは、ティグルとリムからの文を読んだあと、それを畳んで火をつけ、燃やして灰にした。かたわらに立つ偉丈夫の神官を振り仰ぐ。

「ハミルカル、神官の方々と共有したい情報があります。お手数ですが、商家の方々を集めていただけますか」

「かしこまりました。差し支えなければ、今の文にどのようなことが記されていたのか、お聞かせ願えますでしょうか？」

「もっとも重要なのは、海の荒れは長く続かない、ということです。これは妖精の女王に近しいものから得た情報です」

　ハミルカルは驚きの声をあげる。

「ティグルヴルムド卿が妖精と深く交わっている、というのは本当だったのですね」

「そういうわけでもないのですが……。ええ、今回に関しては、結果的に、ティグルヴルムド卿であるからこそ得られた情報なのでしょうね」

　ティグルとリムからの文にはほかにも衝撃的なことが綴《つづ》られていたが、あえて口にしないでおく。ことにサンディ関係のあれこれは、夢と海の封鎖が関連づけられているこの都において、少々刺激的すぎるだろう。

　いずれは、そういった情報もこちらまでまわってくるだろう。

　その前に、ある程度、朗報の方を広めておくことで対応は可能だ。なんなら、サンディの存在こそ海を鎮める鍵であった、という噂を流し世論を誘導する手も考えられる。

　人は最初に耳にした情報に重きを置くものだ。ティグルが早馬《はやうま》を使って知らせてくれたことである。この強みは有効に使うべきだろう。

「まずは民を落ち着かせることを第一に動きましょう」

「神殿としては、異論がありません。さっそく、皆を招集いたします」

　ハミルカルが部屋を出ていく。

　ひとりになって、エリッサは深いため息をついた。窓の外の曇り空をみあげる。

「ティグルさんと先生の子ども、ですか。神の子を産むとは、さすが先生ですね」

第2話　雲が重くなる

翌日の早朝。朝焼けの空は晴れ渡っていた。リムとソフィー、子猫のテト、そしてサンディが見守るなか、ティグルは草原で黒弓に矢をつがえる。

ゆっくりと弓弦を引き絞り、放つ。放物線を描いた矢は、はるか彼方、三百アルシン（約三百メートル）先に立てた、人型の木製の的に突き刺さった。

「お父様、すごいです！」

サンディが手を叩き、ふわりと浮いて喜ぶ。だがティグルは的に近寄ると、矢の刺さった箇所をみつめた。脳天を狙ったはずなのに、矢は胸もとに突き刺さっている。

ティグルは矢を引き抜いて、鏃から矢羽根までをじっくりと眺めた。的に刺さったことで少し鏃が歪んでいる以外、矢に問題はないようにみえる。かぶりを振るティグルに、黒い子猫のテトがゆっくりと歩み寄り、甘えるような鳴き声をあげた。

ティグルの耳にはテトの声が「どういたしましたか」と聞こえた。

「前と感覚が違うんだ。理由が俺にはわからない。テト、君ならわかるだろうか」

「前、ですか？　下僕、それはいつごろと比べて、ですか？」

「夢の前、かな。あるいは……サンディが生まれた後、なのかもしれない。そのあたりから、ほんの少しだけ、矢の動きが変わった気がする」

互いの会話が聞こえているはずのティグルの娘はきょとんとしていた。言葉の意味がわからない様子である。

テトはサンディの頭の上に乗って、頭を持ち上げると、鼻を動かして周囲の匂いを嗅《か》ぐような仕草をした。子猫の髭がぴくぴくと震える。

「この髭に触れる風が、一昨日より昨日、昨日より今日、より重くなっているというのは事実です」

「風が重くなっている？　原因はわかるか」

「森羅万象《しんらばんしょう》に原因を求めるのは下僕たちの悪い癖です。空に浮かぶ雲は、多少、重くなったところで落ちてきません。雲の重さを考えることに意味などない、ということでございましょう」

「わからない、ということか」

テトの声が聞こえないリムとソフィーが顔を見合わせ、ため息をついた。ティグルはテトの言葉を彼女たちに伝える。

「風が重くなる、雲が重くなる、とはどういうことなのかしら」

そう言ったソフィーがテトを抱き上げようとして、さっと逃げられた。

サンディの頭の上から飛び降りたテトは、機敏にティグルの肩まで駆け上がると、そこにちょこんと腰を下ろす。ソフィーは残念そうに肩を落とした。

「ともかく、テトがそう言うなら、俺の気のせい、という可能性は消えたわけだ」

「具体的には、どれくらい重くなったのですか」

リムが訊ねる。ティグルは右手を持ち上げて掌を広げた。草原を吹く風が指の間を吹き抜けていく。

「わからない。日々、変化している気がするんだ」

「変化、とは矢の軌道が？」

「ああ、同じ調子で射ても、矢が狙いの少しだけ下に刺さる。ずっと遠くを狙わなければわからない程度の変化だけどな。テトはそれを、風が重くなる、雲が重くなる、と表現したみたいだ」

サンディが、ふと空をみあげた。

「今日は、重いです」

「サンディ、なにか気づいたことがあるのか」

「雨が降るとき、風が軽くなります。今日は、晴れです」

ティグルは考えた。たしかに、サンディのいう通り、天気が悪い日は大気が軽く感じる。遠い的を射るときは、そのわずかな変化を考慮に入れて弓弦を引くものだ。

ふと、思う。それと同じような変化が、今、この島に起こっているのだとしたら？

雨の日でも、以前の晴れの日のような大気になっているとしたら？

晴れの日は、もっとおおきな変化になっているとしたら？

そして、その変化はいちどきりのものではなく、毎日少しずつ、大気が変化しているとしたら……。

ひょっとして、海が荒れているのも、そのせいなのだろうか。

いや、海が荒れたからこそ、島の大気に変化が起きた？

因果関係はともかく、なんらかの仮説が立てられたのはおおきい。ティグルだけではこれ以上のことはさっぱりだ。しかしそれならそれで、得意な者に投げるだけのことである。

ティグルはサンディの金色の髪を撫でた。

「ありがとう、サンディ」

「はい、お父様！」

サンディは屈託ない笑顔をみせた。厳しい状況だが、彼女の笑顔を守りたいと思うだけで、どこまでも力が湧いてくる気がする。

「ところで、ティグル。もういちど射れば、的の狙ったところに当てられるの？」

ソフィーが疑念を呈した。

「試してみようか」

ティグルは先ほどの場所に戻ると、別の矢を矢筒から引き抜いて、弓につがえた。狙いをつけて、矢を放つ。矢は先ほどとほぼ同じ軌道を描いて的に突き刺さった。

ふたたび近寄って確認してみれば、正確に的の頭部、人であれば額にあたる部分を射貫いている。

「さすがね」

ソフィーは感嘆の声をあげた。

†

エリッサは、カル＝ハダシュトの都にある『天鷲《アクイラ》』の屋敷で、ティグルから来た文を受けとった。中身をざっと読んで、ため息をつく。

「ティグルさんは、毎回、ろくでもないことばかり報告してきますね。困ったことに、どれもこれも重要なことばかりなのですが……」

「私が聞いてもいい話でしょうか」

そばに立つハミルカルが訊ねてくる。

「是非《ぜひ》、聞いてください」

「急に聞きたくなくなりました」

「そう言わずに。ティグルさんがおっしゃるには、日々、雲が重くなっているそうです」

「雲、が？」

ハミルカルは窓から外をみた。黒い雨雲が空を覆っている。

「少しずつ雲が重くなっている、と」

「雲が落ちてくる、ということでしょうか？　人の身でわかることなのでしょうか」

「風が重くなる、とも。風や雲が重くなる、と表現したのは妖精の猫です」

「以前もお聞きした子猫ですか」

「はい。名はたしか、テトとか。それと、ティグルさんがおっしゃるには、矢の軌道が変化しているそうです。宙を舞う矢が、一昨日より昨日、昨日より今日、ほんの少しずつ失速するようになっている。そういう異常を感じたそうです。普通の射手ではわからない感覚ですね。三百アルシン（約三百メートル）先の人の目を射貫け、と言われてやってのけるティグルさんだからこそ覚えた違和感でしょう」

「三百アルシン先の、人の目を……」

ハミルカルは目を丸くして驚いている。

「噂には聞いておりましたが、『天鷲《アクイラ》』と『一角犀《リノケイア》』の魔弾の神子《デウリア》は素晴らしい射手ですな」

「『赤獅子《ルベリア》』と『剣歯虎《サベイリ》』のネリーもすごいんですよ！」

「『天鷲《アクイラ》』の弓巫女《アルディア》であるあなたが、なぜそこで胸を張るのですか……」

どうしてだろう、とエリッサ自身も思う。

ネリーの友人だからだろうか。それを言えば、ティグルだって充分に友人といえる。ネリーよりも長い期間、共にいた。それになんといってもリムの婚約者だ。にもかかわらず、ネリーのことになるとこだわってしまう自分がいる。

「私がいちばん、ネリーを理解している、という自負ですかね。雲の重さの件、わかりますか?」

「神殿で調べてみましょう。古い記録に手がかりがあればいいのですが」

ハミルカルは話を打ち切ることにしたようだった。話題を振った甲斐がない。

「頼みます。もっとも、このような奇妙なことまで記録があるものかどうか、私にはわかりませんが……」

「古い書庫に入る資格を持った者たちが総出で、夢の件について調べていますので、そのついでと考えれば、たいした手間でもありますまい」

どうやら神殿の知識人たちは、今、たいへんなことになっているようだ。後日、手土産を持って陣中見舞いに行くべきだろうか。

「ろくなねぎらいもできませんが、よい報告を期待します」

「弓巫女様のそのお言葉だけで、我らは奮起できるのですよ」

意外にも、雲が重くなる、という現象については記録が存在した。

数百年前のものと思われる一枚の羊皮紙が、神殿の書庫の奥の奥、ごく一部の者しか立ち入れぬ禁書棚から発見されたのである。古い文字で記されているため、解読に苦労したという。

現代のカル＝ハダシュトの言葉に翻訳されたそれを一読して、エリッサは息を呑んだ。

「この島に初めて人が訪れたときの記録、ですか。神殿の方々、よくもまあ、私にこれをみせましたね」

それは島に漂着した難民たちの記録の断片であった。まさに建国の物語そのものである。ディドーと呼ばれる指導者の記述はみられなかった。かわりに、名前のわからぬ男性指導者たちによる合議で集団が運営されている記述があった。

ざっと眺めただけでも、カル＝ハダシュトの建国物語と矛盾する記述がいくつもある。

「これとて所詮は翻訳されたものです。私にみせる前に、肝心な部分以外は削っておく手もあったでしょうに」

「本当に重要な情報を逃すよりは、弓巫女ディドー様の才覚と良識に期待するべきである、と私を始めとした多くの神官が百人委員会を説得いたしました」

百人委員会は神殿に勤める古老たちの集まりで、神殿の実質的な最高意思決定機関である。実際に百人いるわけではなく、現在は三十人ほどであるという。

「それで、これですか。ええと……海が荒れ、空が重くなった。象が暴れ、羊や馬が森に逃げた。草原に妖精が踊る光をみた。七人は天の御柱にたどり着いた。そこに降り立った存在があった。七人は降り立った存在に海を鎮め、象や羊や馬を鎮めることを願った。降り立った存在は対価として契約を果たすことを求めた。七人の妻が七本の矢を受け取った。七人は妻から矢を受けとり、互いに殺し合った。降り立った存在は流れた血に満足してこの地を立ち去った。波は穏やかになり、象と羊と馬は草原に戻った、ですか」

降り立った存在。この地で信仰されている、その名を忘れられた神。残念なことに、発見された羊皮紙には神の名が綴《つづ》られていなかったとのことである。

「とても残念です。神様の名前が判明すれば、それを使ってネリーに対抗する芽も出てきたんですけどね」

「我々としても、信仰上たいへんに重要です。しかしこの文書の存在そのものは、現状に鑑みて、いささか具合が悪い。くれぐれも内密に願います」

「下手なことをすれば私が殺されかねませんからね。建国の指導者ディドーの否定もさせることながら、これでは降り立った神が我々に殺し合いをさせるため、矢を与えたと言っているようなもの。建国の物語としてたいへんよろしくない」

この地の神が人を争わせ、大地に血を流させることで力を溜めていた、という妖精猫の話は、ティグルとリムからの文によってエリッサにも共有されている。この文書によって、その裏づけがとれてしまった。統治の上で不都合な真実であることに変わりはないが……。

「この情報、ティグルさんに伝えて構いませんか？　もちろん、口止めはします」

「お願いいたします。妖精の知る知識とこれを突き合わせることは、私たちにはできないことですので」

エリッサはさっそく筆をとった。さて、この場の会話をどう要約するべきか、と考えながら、まず時候の挨拶を綴る。

†

その翌日、『天鷲《アクイラ》』の大宿営地の天幕のなか。

ティグルはエリッサから来た文を一読し、その内容に絶句した。

「妖精の女王の話と同じとはいえ、こんなもの、とうてい他国の者が知るべき内容じゃない」

「神殿にとって、もはや私やあなたは同胞も同然、ということなのでしょう。重い信頼ですね」

ティグルからエリッサの文を渡され、文字に目を走らせたリムがため息をつく。

「ひとまず、テトと話をしよう」

黒猫テトを呼ぶと、この子猫と遊んでいたサンディがテトを抱いてやってきた。まあ、いちおう彼女にも関わることか、と彼女たちに文の内容を話して聞かせる。

「テト、君はこの文献について、どう思う。神が人を殺し合わせた云々は君のお婆さまの話と同じだが、天変地異の類いを鎮めるために人と人が殺し合った、という話は……」

「下僕たちの勘違いでしょう」

テトの言葉は、そっけなかった。

「だいたいこのようなこと、猫ならば誰でも知っていることです。愚かな者に対して愚かである事実を突きつけたところで、愚かな者が賢者になるわけでもありません。猫は無駄を好まないのです。ましてや、そのことで誰かが困ったわけでもないのですから」

「今回、そのあたりが重要になるんだが」

「故にテトは下僕にこうして、きちんと真実を伝えております」

テトは、つんと頭を持ち上げてみせた。サンディが、「えらい、えらい、テトはえらいです」と子猫の顎を撫でる。テトは心地よさそうな鳴き声を漏らした。

「風が重くなる、雲が重くなる、という現象についてはどう思う」

「テトが以前に申した通り、原因を考えることに意味などないのです」

本当にそうだろうか。ティグルはいぶかしむ。

「このまま少しずつ雲が重くなったら、いずれ、もっとひどいことが起きるんじゃないか」

「さきほど下僕がテトに読み聞かせた物語の通りでございます。遠からず終わることに頭を悩ますほど、猫は暇ではありません」

なるほど、テトのいう通り、これらすべての異常がほどなくして終わるというなら、頭を悩ませるだけ時間の無駄だ。

問題は、そうは思っていない人々に対してどう説明するか、という点である。

雲が重くなっているという件についてはそもそもそれに気づいていない者が大半であるとして、海の荒れや象が暴れていること、場合によっては馬や羊も同じように調子を崩す可能性があること、などについてはどうするべきか。対応を検討する必要があるだろう。


案の定、小部族から次々と問い合わせがきた。

ティグルとリムの娘が夢に出てきた存在そっくりなことについて、説明が欲しいという。たいていの場合、七部族を立てる小部族であったが、ことが島全体に関わることであれば話は別ということなのだろう。

個別の説明は面倒なので、数部族の者をまとめて天幕に呼び、彼らと膝を突き合わせて話をする。といっても、小部族同士で敵対している場合、複雑な利害関係を抱える場合があり、同席する面々を選ぶ作業はナラウアスとガーラに任せることとなった。

「五、六部族ごとにまとめられるなら、どういう順番でもいい」

とティグルに一任されて、『天鷲《アクイラ》』と『一角犀《リノケイア》』の戦士長は、ああでもないこうでもないと、顔をつきあわせて頭を悩ませることとなる。

ティグルは、説明の際、必ずリムとサンディを同席させた。

サンディはおとなしくリムに抱きかかえられていたが、それに飽きてくると自らもテトを抱きかかえ、子猫と遊ぶようになった。

小部族の者たちは目の前にいる黒猫が妖精とは気づかず、ずいぶんと人懐《ひとなつ》っこい猫だなと思っている様子でありながらも、ひとまずそれは置いてティグルの説明に耳を傾けてくれた。

ティグルは、サンディが天の御柱から生まれたことを隠さず説明した。

この島の大地に眠っていた力を誰かに利用される前に無意味なものに消費するべきだ、と妖精の女王に伝えられたことを語る際、小部族の者たちは「妖精の女王などと……」と怪訝な態度をとることもあった。

なぜかサンディの抱きかかえる猫が、かん高い声で鳴いた。ティグルとサンディだけは、「不敬な下僕たち」とテトが憤っていることを理解していた。

「俺の言葉が信じられないなら、あとでマゴー老に話を聞けばいい。マゴー老は、俺が妖精の友人だと保証してくれている」

ティグルがそう言うと、小部族の者たちは顔を見合わせて「マゴー老がおっしゃるなら」とうなずくのだった。聞けば各々の小部族にも妖精とかかわりのある者はいるとのことで、そんな者たちが「マゴー老ほど、妖精と上手く対話する者はいない」と口を揃えるのだという。

「俺たちが天の御柱でこの子を生まなければ、夢のような事態になっていた可能性は充分にあるんだ」

「それを我々に信じろと？」

「俺の言葉が信じられないと思うなら、各々の部族で妖精と交渉してくれ。妖精たちのなかにも、今回の件に関して人に協力的な者がいるはずだ」

これは、あらかじめテトと話し合い、各地の妖精たちのうち、ヒトとの繋がりがある者たちは夢のような変化を望まないだろう、との言質《げんち》を得ているから言えることだ。

ヒトがさまざまな考えを持つように、妖精たちもさまざまな考えを持ち、各々の立場でヒトと接しているのだという。

「テトたち猫は、特に下僕を慈《いつく》しんでおります。感謝しなさい。そして魚を捧げなさい」

ティグルは浜に打ち上げられた魚を漁村から買いとると、テトに与えた。生の魚を食べる子猫をみてサンディが真似《まね》をしたがり、ソフィーが慌てて、生魚を口に持っていこうとした幼い少女を止めた。

「わたくしたちは猫ではないから、魚を食べるときは必ず焼くか、茹《ゆ》でるかするのよ」

「そのままは、駄目ですか」

「身体を壊すか、もっと悪いときは苦しんで死んじゃうこともあるわ」

ソフィーはさまざまな国をまわって、他国の料理についても詳しい。不運にも魚にあたって死んだ者の苦しむ様子を仔細《しさい》に描写してみせた。

「なるほど」

とサンディは興味深そうにうなずく。みていた者たちは彼女が怖がると思ったのだが、なぜかこの少女は、ソフィーの語る迫真の描写を前に目を輝かせていた。

「楽しいものじゃないのよ。あなただって、苦しいのは嫌でしょう?」

「わかりません。試して、みますか？　そのまま、お魚を食べればいいですか?」

「やめなさい。そう……そうよね、あなたはこうみえて、生まれたばかりなのだものね」

そのやりとりをみていたティグルたちは、改めて、この娘の特異性を知ることとなった。

「人は普通、痛い思いや苦しい思いを経験しながらおおきくなるものだが……。かといって、俺の娘がそういう目に遭うのは嫌だな。子育ては難しい」

「ゆっくりでいいと思います」

リムが言った。

「焦ってなにもかも教え込んだところで、仕方がありません。待つ、というのも立派な教育なのですよ」


何度目かの説明で、中年の男が、サンディの膝の上であくびをするテトをじっとみつめた。

「魔弾の神子様、こちらの猫は、いやこちらの方は……」

「あら、賢い下僕もいるのですね。たいへんよろしいことです。いつかお婆さまにも、敬虔《けいけん》な下僕の存在をお伝えいたしましょう」

「おおっ、なんと、女王陛下に連なるお方でありましたか！」

その場で平伏した男を、ほかの小部族の者たちが唖然《あぜん》として眺めた。さすがにそのままにするわけにはいかず、ティグルはその者たちにも子猫の正体を明かした。

「妖精！」

誰かがそう叫び、押し殺した悲鳴をあげた。皆が怯え、あとずさった。

兵たちの反応からそれを予期していたティグルは、テトが他者に害を為す者ではないこと、彼女は好意でティグルに協力していることを明かした。

テトの正体に気づいた男は、ティグルを、『おそるべき弓の持ち手』と呼んだ。

「おそるべき弓……」

黒弓のことだろうか。

「それは、なにかの逸話にまつわる名前なのか？」

「妖精の友にして、珠玉の弓を持つ者。降りたる星を射る者であり、矢を星に還す者である。終わらせる者であり、始まりの者である。そう謳われております」

「あなたの部族に伝わる言葉なのか？　予言か、なにかか」

「おそらくは。詳細については、部族に戻り調べて参りましょう」

あとでエリッサやソフィーの耳にも入れておいた方がいいだろうな、と考える。ナラウアスに、その男の部族について訊ねた。

「『星蟻《ストラク》』ですな。小部族でも、かなり古くからある部族です。『星蟻《ストラク》』の長老は代々、古の言葉を口伝《くでん》で残すと聞いたことがございます」

ティグルは少し考えて、「俺があなたの部族にお邪魔してもいいだろうか」と『星蟻《ストラク》』の男に訊ねた。男は驚いた様子だったが、すぐに「是非、お願いいたします」と頭を下げる。

「ティグル、なにか気になることでも？」

「わからない。でも、なにかが気になるんだ」

幸い、『星蟻《ストラク》』は現在、『天鷲《アクイラ》』の大宿営地から馬で南西に三日と、比較的近くにいるという。

「一日、向こうにいるとして、七日。それだけの間、留守にする。リム、サンディを頼む」

「わたくしも参りましょう」

ソフィーがついていくと手をあげた。ここは素直に、頼もしい協力者の同行を喜んでおく。

決断したら、あとは早かった。翌日には、ティグルとソフィーの姿は馬上にあった。『星蟻《ストラク》』の男に案内されて、ふたりは一路、南西を目指した。

海からの風が、彼らを追い立てるように吹いた。

†

三日が経った。

空の半分が雲に覆われている。

灰色の雲に隠れがちな太陽が中天《ちゅうてん》に達したころ、『星蟻《ストラク》』の宿営地に近づいたティグルたちは、宿営地の方角で火の手があがっていることに気づいた。

案内の男が慌てる。ティグルとソフィーは馬に合図を送った。三頭が、揃って並足から早駆けになる。

「仲が悪い部族が近くにいるのか?」

「いいえ。今、このあたりにいる部族とは良好な関係を築けていたはずですが……」

男に騒動の心当たりはないらしいが、とはいえ小部族のいくつかは気まぐれで、お互いの関係も流動的と聞く。ティグル自身も、天の御柱への往復の旅で、あまり信用が置けぬ小部族たちの振る舞いをみてきている。

聞くところによると、『星蟻《ストラク》』の弓騎兵は三十騎と少し。小部族としても少し物足りない規模だ。故にほかの部族とはあまり波風を立てず、粗暴な部族から距離をとって、今は穏健になったと聞く『天鷲《アクイラ》』と『一角犀《リノケイア》』のいるこのカル＝ハダシュト島北東部に流れ着いたとのことであった。

「とはいえ、私が旅に出てからもう七日。なにが起こっても不思議ではありません。魔弾の神子様、万一のときは、どうかお力をお貸しください」

「もちろんだ」

ティグルは馬をせかすと同時に、彼方に目を凝らす。土煙があがっていた。ほどなくして、土煙のなかに、馬よりもおおきな生き物の影がいくつもみえた。

「象だ！」

ティグルは鋭い声で告げた。

「あの向こうに、象が何頭もいる！」

「戦象かしら」

「いや、上に人が乗っている様子はないな。野生の象の群れだろう」

ソフィーが「わたくしのかわりにリムがいればよかったわね」と呟く。象の頑丈な皮膚が相手となると、『一角犀《リノケイア》』の矢による爆発の力がさぞ役に立ったことだろう。

無論、サンディがいれば象に語りかけて鎮めることができるだろうが、今回の旅は強行軍である。幼子を連れてできるものではない。

「最近、あちこちで象が暴れていると聞きましたが……」

「サンディによれば、象たちは異変のせいでひどく怯えているらしい。海が閉ざされ大陸との行き来ができなくなった。そのうえ、方角がわからなくなった」

「方角、ですか」

「一部の生き物は、太陽をみなくても方角がわかるし、頭のなかに地図があると聞いたことがある。その感覚が、なぜか狂ってしまったみたいだ」

「言われてみれば、水場から水場に苦もなく移動する生き物たちは、頭のなかに地図があっても不思議ではありませんね」

　部族の民は、皆が狩人である。話が早い。『星蟻《ストラク》』の男はすぐに納得した様子であった。

「象を用いる部族から象を宥めるために使う香草を手に入れたばかりなんだが、あいにくと持ってきてはいない。力ずくで排除するしかないだろう」

　馬を走らせながら、ティグルは弓に矢をつがえた。土煙のなかの象との距離は、およそ四百アルシン（約四百メートル）あまり。弓弦を引き絞り、放つ。矢は放物線を描いて飛び、土煙に吸い込まれた。

　一頭の象がおおきな鳴き声をあげ、立ち止まって暴れはじめた。煽りを食らって、ほかの象も混乱をきたす。足止めになれば、それでよかった。その間に、ティグルたちがいっそう距離を詰めることができる。

「象の皮膚は分厚いでしょう。ティグル、あなた、どこに当てたの？」

「一か八か、目のあたりを狙った。距離もあるし、どうかと思ったが……上手くいったみたいだな」

　もういちどやれと言われても、できる気がしない。

「あとはわたくしに任せてください」

錫杖を構えたソフィーの馬がおおきく加速して、土煙のなかに飛び込んだ。なんどか閃光が走り、そのたびに象が地響きをあげて倒れていく。

「あの方は、異国において弓巫女様のような地位についていると聞きましたが……。魔弾の神子様のように勇敢に戦うのですね」

「そうだな。俺の知る戦姫様は、皆、勇敢に敵に立ち向かう方ばかりだ」

彼女が握る錫杖は、ジスタートの七人の戦姫が持つ竜具《ヴィラルト》のひとつである。ザートという名を持ち、光を操る。今回は、その特別な力よりも、尋常の武器より頑丈である、という特性の方が重要だった。

体長が馬の倍以上あるこの地の象は、身体を包む皮膚こそ硬いが、その自重を支える四本の脚に脆弱性《ぜいじゃくせい》を抱えている。

これはソフィーが、象と戦った経験が多い者から聞いた話であった。いずれ戦うこともあろう、と考えて情報を集めていたとのことである。それが今回、功を奏した。

ソフィーは象の前脚か後ろ脚のひとつに狙いを絞り、これを片端から叩き折っていっているのである。得物《えもの》がけっして折れぬ神器であり、頑丈な鈍器でもある錫杖ザートであるからこそできる、彼女以外には不可能な戦い方であった。

土煙が晴れる。

砂埃にまみれたソフィーが馬を止めて、追いついたティグルたちを振り返った。

周囲には、踏み潰された天幕の残骸と、四肢が折れ曲がって呻いている部族民が数人。そして、倒れ伏して呻いている象の群れ。

脚を折られた象は、少なくとも十頭いる。立てなくなった生き物に未来はない。彼らはこのまま朽ちていく。

残った二十頭ほどの象たちは、方向を変えて逃げていった。あえて彼らを追う必要はないだろう。

「ご苦労だった、ソフィー」

ティグルはあえて、そう言って彼女を褒めた。

罪のない生き物たちだった。だが、暴れて人に危害を加えるようであれば狩るしかないのだ。心優しく生き物に対して愛情深い彼女には酷な役目をさせてしまった。

「ありがとう、ティグル」

ソフィーは微笑み、わかっている、とばかりに首を横に振る。

その間にも、案内の男が怪我をした部族民に駆け寄っていた。逃げていた『星蟻《ストラク》』の者たちがおそるおそる戻ってくる。

「白肌の方々に感謝を」

長老とおぼしき髪が真っ白な老人が、馬を下りたティグルとソフィーの前にひざまずく。

ティグルは彼らに、自らの立場と、訪問の目的を伝えた。

「なんと、魔弾の神子様とは。これはたいへんなご無礼をいたしました。さっそく、無事な天幕にご案内いたします」

「俺のことより、まずは怪我をした者の手当てをしてやってくれ」

ティグルとしては、負傷者を助けられない方が辛いのだと彼らに伝えた。

†

昼下がり。雲が晴れ、強い日差しが肌を焼く。

草原にまばらに生える背の高い木の木陰で、ティグルとソフィーは『星蟻《ストラク》』の指導者とおぼしき年長の男ふたりと腰を下ろして向かい合った。

香草の茶が振る舞われた。喉を通り過ぎる爽やかな風味が、草原を吹き抜ける風と共に、早駆けで疲れた身体を冷やしていく。

「さて、お聞きしたところによると、魔弾の神子様は妖精の友であるとか」

『星蟻《ストラク》』の族長を名乗る男が、自己紹介の後、そう言った。

「そう呼ばれることもあります。ですが俺は、何人かの妖精と少々の友誼《ゆうぎ》を結んだにすぎません」

「ですがこの地の女王と会見なされた。加えて、天の御柱から神の子を降ろされた。我々は、夢での出来事のすべてが真実とは考えません。ですが、あれにまったく意味がないとは、とうてい思えませぬ」

ティグルは率直に、サンディについて説明する。

夢について、ティグルが考える限りのことも。特に、それがネリーという人物の起こしたものではないかと強く疑っていることを強調した。

「こんなことを言っても、信じられないでしょうが……」

「信じましょう」

『星蟻《ストラク》』の族長は即座にうなずいた。ティグルとソフィーが驚くなか、族長は隣の男とうなずき合った。

「しばし、お待ちください」

隣の男が立ち上がり、遠くからみえるようにおおきく手を振る。フードのついた灰色の貫頭衣《かんとうい》で肌を隠した小柄な人物が、ゆっくりとこちらに歩いてきた。時折、よろめいている。どこか怪我をしているのかもしれない、とティグルは思った。

「この者が、我が部族でいちばんの妖精の友です」

「あ、あの。こちらの白肌の方が、『天鷲《アクイラ》』と『一角犀《リノケイア》』の魔弾の神子様ですか」

灰色のフードの奥から、若い女性のものとおぼしき、高い声が響いた。

「ああ、ティグルヴルムド＝ヴォルンだ。ティグルと呼んで欲しい」

ティグルは右手を差し出す。フードの女性は、貫頭衣からおずおずと右手を出した。

彼女の腕は枯れ木のように皺だらけで、ねじ曲がっていて、しかも緑色の葉があちこちにくっついていた。

ティグルはなるほどとうなずく。あの日、森のなかで植物とひとつになっていたマゴー老の姿をみていなければ、もっと驚いていただろう。妖精に近づくということは、こうなる可能性もあるということである。

おそらく、さきほどよろめいていたところから察するに、貫頭衣に隠れた足も似たように変化しているのだろう。

ティグルの隣のソフィーは、驚きに目をおおきく見開きつつも、声を殺して彼女の腕をみつめていた。外交官として各国を巡っていた経験の賜物だろうか。

「よろしく頼む」

ティグルはためらわず、彼女の手を握った。少し冷たい手で、ざらざらとしていた。

「ティグル様は、私の身体をみても驚かれないのですね」

「いろいろなものをみてきた。妖精にも、精霊にも、知り合いがいるよ」

「やはり、あなた様は終わらせる者であり、始まりの者なのですね」

「この部族に伝わる一節だったか。それについて、話を聞きたかったんだ」

「妖精の友にして、珠玉の弓を持つ者。降りたる星を射る者であり、矢を星に還す者である。

終わらせる者であり、始まりの者である」

　女性は、ティグルも聞いた言葉をそらんじてみせた。

「もともとは我らの祖先が、いずこかの妖精に聞いた言葉だとのことです」

「妖精の言葉、なのか」

「はい。ですが私の知己の妖精は、この言葉についてあまり詳しいことを知りませんでした。予言をもたらす妖精というのは、本当に時々現れて、皆に気づかれないうちに消えてしまうのだ、という話です」

　そういうものなのか、とティグルは考えた。

　この場にテトがいれば、そのあたりについてもう少し詳しく聞くことができたかもしれない。とはいえあの子猫の存在は、いたずらに人心を惑《まど》わす。この小部族が妖精に対してどれほど寛容かもわからなかった。

「妖精の予言というのは、その……つまり、当たるのか？」

　ティグルがもっとも知りたいのは、それだ。

　予言が的中するからといって、その通りにティグルが動くとは限らない。だからといって、確度の高いものであるなら、それは相応に参考とすることができるだろう。

　あの夢も同じだ。夢がなにかの予言の類いであるなら、あるいは誘導なのか警鐘なのか判別できれば、おのずとその対処も決まってくる。

「ある種の予言は当たり、ある種の予言は外れる、と聞きます。予言を聞いた者が予言から外れるように行動すれば、その予言は外れるでしょう。つまり予言とは、それが生まれた時点で、誰かがそれを聞いた時点で、わずかなりとも世を変えているのです。おわかりになりますでしょうか」

「悪い予言を聞いたら、それが成就しないように動く、善い予言を聞いて慢心《まんしん》した結果、予言通りにならない、そういうことか。言いたいことはわかった気がする。でもそれじゃ、予言が正しいかどうかなんて誰にもわからないんじゃないか」

「ですから、予言の言葉はみだりに外に出さぬものなのです。先の言葉は、そのなかでも例外、特に外に知らしめるべきであると祖先が考えたわずかなもののひとつです」

「つまり、他にも予言はある、ということだな」

フードの女性はうなずいた。

「参考までに、過去の予言を教えてくれないか」

「かしこまりました。たとえば……」

彼女はいくつか、過去のものになったという予言を語ってみせた。

それらは部族でも一部の者以外に秘匿《ひとく》されていたものであるというが、たしかに近年、この島に起こった出来事を的中させているという。

問題のひとつは、それがティグルには判別できないことだった。ティグルがこの島を訪れたのはこの冬であり、ソフィーも同じだ。問題のもうひとつは……。

「無差別に予言をして、当たったものだけ、予言が当たった、と指し示すこともできるわ」

　ソフィーが言う。

「あなたが、わざとそういうことをしていると言っているわけじゃないの。でも、世に予言と言われるものの大半は、そういうからくりで生まれているのよ」

　さまざまな土地を巡ってきた彼女の言葉には相応の説得力があった。フードの女はうつむく。

「残念ですが、予言の妖精がどれだけのものごとを的中させてきたのか、私には証拠をあげて説明することができません。なぜなら、私には真偽の判断がつかない予言も数多あるからです」

　ティグルとソフィーは顔を見合わせた。やはり、無駄足だっただろうか。

「ですが、ひとつだけ。これだけは、白肌のあなた様にお伝えしなければなりません」

　一拍おいてから、女性は語った。

「黒き太陽を呼ぶ者あり、緑の星を眺める者あり、七本の矢を束ねる者あり、古の約定を還す者あり、そは偽りを真実とする者」

「それは……？」

「いつか、どこかで。白肌の妖精の友に伝えるべき言葉として、私が友から仰せつかった役割でございます」

女はそう言って。フードをとった。

その目は眼球がなく空洞で、眼窩《がんか》の奥には木の根のようなものが蠢《うごめ》いていた。その鼻は奇妙にねじ曲がっていた。その口のなかにみえる歯はすべて緑色をしていた。およそひとの顔とは思えぬものであった。

「私が友から貰ったものは数多あります。彼らにとっての友好が、すべて私たちにとっての善であるとは限りません。それでも、私と彼らとの友誼は変わらない」

女はそこまで淡々と語ったあと、ちいさく首を横に振った。

「私はマゴー老のように一線を引くことができませんでした。この身体は次第に朽ちつつあります。そう長くはないでしょう。白肌の魔弾の神子様、私が終わりを迎える前に、あなた様にお会いできて本当によかった。もう、心残りはございません」

彼女もまた、マゴー老と同じなのだろう。ティグルは思った。ただ、少しばかりマゴー老より踏み込んでしまった。ここまで行ってしまうと、ヒトとして生きることも困難なのかもしれない。

彼女の空洞の目は、ティグルの方を向いていながら、ティグルをみていないように思えた。にもかかわらず、さきほど族長の隣の男が彼女を呼ぶべく手を振ったとき、すぐそれに応えたのをティグルはみている。よろめきながらではありつつも、迷わずこちらにやってきた。

ヒトから離れたことで、ヒトのものではない感覚を持っているのか。

これが、マゴー老が恐れ、ティグルから遠ざけようとした先にあるものなのか。

「私ごときが魔弾の神子様にこのようなことを申しますのはおこがましいことかと存じますが……。どうか、お気をつけください。妖精とヒトとは、そのおおもとが違うものであることをよくご理解ください」

「ご忠告、痛み入ります」

彼女に対してティグルにできることは、彼女の差し出したものを受けとり、それを生かすことだけなのだろう。きっと彼女は、それ以上のものを求めていない。

「私も夢をみました。妖精のなかには、夢のような世が来ることを待ち望む者も多くおります。そのことをお忘れなく」

これまでティグルの知る妖精たちは、皆、ヒトがこの大地に広がることに対して好意的であったように思う。

ティグルが最初に出会った妖精はアスヴァール島の猫の王ケットであった。ケットの紹介によって、この地の妖精の女王と出会った。彼の者の導きによって、ティグルは自然と守られてきたのだろう。改めて、そのことを理解させられた。

†

ティグルが『天鷲《アクイラ》』と『一角犀《リノケイア》』を留守にした二日後、リムが留守を預かる『一角犀《リノケイア》』の大宿営地に、突然、『黒鰐《ニーゲラ》』の魔弾の神子であるマシニッサが訪ねてきた。

大柄の中年男は、突然の訪問を詫び、ティグルが留守であることを嘆く。

「ティグルヴルムド卿の不在は残念だが、リムアリーシャ殿、あなただけでもいてくれてよかった」

リムの天幕に案内されたマシニッサは、向かい合って座り、豪快に笑う。

その後、リムの隣にちょこんと座るひとりの少女に視線を向けた。サンディである。サンディは巨漢の男をみあげると、人懐っこい笑みを浮かべた。

「噂には聞いていたが、本当に夢の人物とそっくりなのだな」

「そっくりなのです！」

サンディは両手をわーっと広げて無邪気に笑う。

「この子はその夢をみていません。皆がそっくりだと言うものだから、そういうものなのだと認識しているようです」

「なるほど、まあ、皆が言うであろうな。その様子では、いろいろ気苦労が絶えぬか」

「サンディは奔放《ほんぽう》な子ですから。幸いなことに、この子は自分に関する噂話を聞いても平気な顔をしています。あまり、悪意というものを気にしないというか……そういう意味で、不思議な子ではありますね」

「将来、大物になるな」

マシニッサは破顔一笑《はがんいっしょう》した。近寄ってきたサンディの頭を撫でる。

「手が、ごわごわです！」

「うむ」

「お父様とお母様も、ごわごわです！」

「で、あろうな。よい戦士の手とは、そういうものだ。幼いころから、なんど掌の皮が破れても訓練を重ねてきた者の手だ。汗と涙と血を流した数だけ厚みを増した者の手だ。日々、今も欠かさず鍛錬《たんれん》を重ねてきた者の手だ。おぬしも、そういう手を持つ男をみつけて結ばれるのだぞ」

「わかり、ました！　むすばれます！」

「幼子に、今からなにを教えているのですか」

「あと数年であろう。それとも白肌の者は、もっと気が長いのか？」

リムは苦笑いした。そもそもサンディは、今の状態で生まれた。いや、発生した、といった方が正しいのだろうか。

彼女はこの先、きちんと育っていくのだろうか。あまりにも、未知のことばかりであった。

そんな彼女の表情をみて、どう思ったか、マシニッサは「考えすぎるのも困りものだぞ」と告げる。

「親が泰然《たいぜん》としていれば、子は勝手に育つものだ」

「マシニッサ殿はあちこちの女性に手をつけていたと、弓巫女殿がおっしゃっておりましたね」

「スフォニスベのやつめ、余計なことを……」

スフォニスベとは、『黒鰐《ニーゲラ》』の弓巫女の名だ。マシニッサとは同年代で、幼馴染みであるという。

「だが俺の子は、いずれも頑健に育っているぞ」

「ええ、まあ、ご忠告ありがとうございます。それで、本日の用件は、サンディの顔をみることだけですか？」

マシニッサのもとには、『天鷲《アクイラ》』の長老のひとりが説明に行っている。互いに知己であるというこの人物は、『天鷲《アクイラ》』に戻ったあと、マシニッサと酒を共に呑み、たっぷり語らい、互いの理解を深めた、と語っていた。

ただ酒を呑んできただけのような気もするが、とはいえこういった交流が時におおきな力を持つこともあると、公主代理としての日々からリムは知っていた。

「都は大変なことになっているそうだな。本来であれば、俺が行くべきところだ。弓巫女ディドー殿には感謝している」

「彼女も安心するでしょう。マシニッサ殿の領分を侵してしまったかもしれない、と気にしていましたから。本来であれば、次の双王《そうおう》が為すべきことです」

「双王になれば偉いというものではない。本来、できる者が都を守るべきなのだ。七部族の掟はそういうものである。とはいえ、今となっては、あれは片手間に守れる範囲を超えて大きくなってしまった。にもかかわらず変わらぬ掟の方がおかしいのだ。ディドー殿はよくやってくれている」

マシニッサは、さすがに長年魔弾の神子としてひとつの部族を統治しているだけあって、現在のカル＝ハダシュトにおける矛盾をよく理解しているようだった。

彼の言う通り、都はもはや、他国にとってカル＝ハダシュトの顔である。七部族は、むしろ都に付属する強大な軍である、という程度の認識であった。

商家は、あえて他国人の誤解を解かず、それを助長させるように動いている。

その方が都合がいいのだろう。自分たちの背後には、泣く子も黙るカル＝ハダシュトの弓騎兵がいる。そう無言で圧力をかけられる。その弓騎兵たちが彼らの言うことなどてんで聞かない、勝手気ままに動く人々であると知られては、力を背景にした交渉もできない。

双王とはそのあたりの調整をする者である、と捉えることもできる。

今回、海が閉ざされたことで、商家はかつてない困窮に直面してしまった。それも、双王が即位していないこの時期に。

カル＝ハダシュトの放置してきた歪みが、彼らを苦しめている。エリッサが立ち向かっているのは、そういうものであった。

「俺の部族は長く大陸に赴いていないからな。島の外のことなど、てんでわからん」

七部族でも、スパルテル岬を越える部族、越えない部族がいるとは聞いていた。リムには各部族の詳しい巡回ルートがわからない。ただ、うなずいておく。

「だが、たいへんなことになっているのはわかる。象が暴れているという報告も受けた。ほかにもなにか、気づいたことはあるだろうか」

「実は……」

とリムは、ティグルのいう「日々、少しずつ雲が重くなっている」という話を出した。

マシニッサは渋面で「矢の軌道か。そこまで繊細なものは、俺にはわからんな」と返事をする。実際のところ、それは三百アルシン（約三百メートル）先の的の一部を正確に狙う腕を持つティグルだからこそ気づく程度の、あまりにも微細な差異であった。

「だが、覚えておこう。なにかの役に立つかもしれん。――実はもうひとつ、今日は話題があってな」

マシニッサは顔を引き締める。ここからが本題ということだ。

「『赤獅子《ルベリア》』にネリーが姿をみせた、という報告が入った」

「ついに、ですか」

いつか姿を現すだろう、という確信はあった。ようやくそのときが来たのだ。

彼女のことだ、偶然や気まぐれということはないだろう。すべての準備が整った、とみるべきだった。

「俺がひとりで会って来る。なに、いきなり戦にはならんさ。まずは奴の言い訳を聞いて、それからだ。行き違いがないよう、念のためおまえたちにも伝えておこうと思ったのだが……魔弾の神子殿はほかのことに忙しい様子だな」

「本当に、星の巡りが悪かったですね。予定通りであれば、あと五日もすれば帰って来ると思いますが……」

「今は、その数日が惜しい。悪いが、おぬしから奴に伝えてくれ」

マシニッサは、言うだけ言って立ち上がる。もういちど、サンディの頭を撫でた。

「未来の若者を守るのも、先達の務めだ」

マシニッサは立ち去る際、とある人物を『一角犀《リノケイア》』に置いていった。

まだ身体に刺青《いれずみ》も入れていない十歳の少年で、名はボスタル。マシニッサの息子のひとりであるという。枯れ木のような身体つきながら、下半身の筋肉、特に太ももだけはしっかりしていた。乗馬が得意だという。

「人質だ。しっかり役目を果たせ」

「はい、父上！」

精悍《せいかん》な顔をほころばせて、ボスタルはうなずく。実の父に、人質に出されたと告げられたにもかかわらず、やけに嬉しそうであった。

「こいつはティグルヴルムド卿に憧れていてな。奴に会いたくて、わざわざ俺についてきたのだ。不在と聞いて、ひどく残念がっていたからな。しばらく置いてやって欲しい」

「そういうことでしたら、そう言ってください。人質だなどと……」

リムが抗議するも、マシニッサは豪快に笑うだけであった。


かくしてしばらくの間、『天鷲《アクイラ》』と『一角犀《リノケイア》』に滞在することになったボスタルだったが、彼はまずサンディと親しくなった。サンディが彼より上手く馬を操ったからである。サンディから、あれこれと馬を乗りこなすコツを聞き出そうとした。

もっとも彼女の方はといえば……。

「お馬さんが、どうして欲しいのか、訊ねます。言う通りにすれば、ちゃんと歩いてくれます」

と生き物と意思疎通できる前提のことばかり語る。普通なら、なにを馬鹿なと笑い飛ばすか、あるいはそんな方法は役に立たないと判断するか、であろう。

ボスタルは違った。

「馬にも考えがあるのはわかる。じゃあ、馬がこういう顔をしているときは、なにを考えているのか教えてくれ」

「疲れた、と考えています」

「こういう顔のときは？」

「もっと走りたい、と考えています」

「こういう鳴き声は？」

「お腹がすいた、と言っています」

ひとつひとつ、根気よく、サンディから重要な言葉を引き出す作業を始めたのである。サンディの方も、自分の話を聞いてくれる者がいて嬉しいのか、ボスタルについて馬の前で朝から晩まで馬と心を交わす術を語ってみせた。

最後には急に体力が尽きたのか、幼い少女はその場に倒れて寝てしまった。

慌てたボスタルがリムの天幕に彼女をかついできたものの、テトが呆れた様子で鳴いたことで、リムも深刻な事態ではないことを悟って胸をなで下ろす。サンディは心地よい寝息を立てていた。

「弓巫女様、その猫、妖精なんだってな」

「ボスタル、あなたにはまだ伝えていなかったと思いますが、どこで知りました？」

「サンディが教えてくれた。いつもあいつのまわりをうろちょろしていてさ。あいつを守っているんだろ？」

テトがティグルについていかなかった理由までは知らなかったリムであるが、これで得心した。

サンディは『天鷲《アクイラ》』の大宿営地で子どもに石を投げられたことがある。この『一角犀《リノケイア》』では、ムリタという部族の中心になる女性がサンディを可愛がっていることもあり、ほかの部族民の反応も良好ではあったが、そこまでヒトの心の機微のわからぬ子猫に心配されてもおかしくはない。

「俺がサンディに危害を加えないか、心配なのかもな」

「そういう心配はしてないと思いますよ。どうか、明日もサンディのことをよろしくお願いしますね」

「はい、弓巫女様！」

『一角犀《リノケイア》』の子どもたちは、サンディを受け入れつつも、その異質さを認識し、どこか遠慮がちな様子であった。ボスタルにはそういったためらいがない。

翌日、リムは仕事のついでに子どもたちの様子をみにいった。サンディとボスタルのまわりに大勢の子どもたちが集まって、皆で馬の考えを当てるゲームをしていた。訓練、といえるかも知れない。ボスタルもサンディも、そして部族の子らも、皆が楽しそうにしていた。

メニオが「たいした子ですよ」とボスタルを評する。

「この地の人々は、馬のことになると目の色を変えますからね。それを利用して、あっという間に子どもたちと仲良くなったみたいです」

「サンディはそのために利用されたのでしょうか？」

「彼女を子どもたちに受け入れさせるためでもあるのではないでしょうか」

なるほど、そうかもしれないとリムも思う。

「馬に乗るのが下手な私なんて、未だに半人前扱いなんですよねえ」

メニオは、少し寂しそうにそう呟く。

もっともそんな彼は、部族の外から入ってくる物流を一手に握っているわけで、それはそれで特別扱いされているのであるが……。

「彼、『天鷲《アクイラ》』にも連れていくんですか？　あっちではいっそうサンディを持て余しているみたいですけど」

「そのあたりは、ティグルが帰ってきてから考えます。テトと話ができるのはティグルとサンディだけですから」

リムとしても、初めての子だ。万事に慎重になっている自覚はある。

†

『星蟻《ストラク》』への遠征から帰還したティグルは、サンディがマシニッサの子とふたりきりで遠乗りに出かけた、と聞いて目を剥いた。

「大丈夫なのか」

「それは、どういう意味で、ですか？　まさかティグル、あなたのような人でも、サンディに恋人ができることを容認しないというのですか？」

「そういう意味じゃない」

口では否定するものの、内心でいささか複雑な感情があることは否定できなかった。これが娘に対する父の思いというものか。

「でも、サンディにはまだ早いと思うんだ」

「なにがですか」

「子どもだけで遠乗りなんて、危ないだろう」

「この部族では、皆がよくやっていることですよ。日帰りなら普通です。そもそも、サンディが馬で事故を起こすと思いますか？」

「それは、そうなんだが……」

あれこれ思い悩むティグルの様子がよほど滑稽だったのか、リムは彼女らしくなく、口もとをつり上げてみせた。

「それほど気になるなら、捜しに行ってみては？　南の方に行きましたよ」

「そこまでムキになるつもりはないよ。ああ、でも、夢のことで小部族が彼女を襲撃する可能性も……」

「大丈夫です、テトがいっしょですから」

「それを先に言って欲しかったな」

「ところで、『星蟻《ストラク》』のところで収穫はあったのですか？」

ティグルはリムに、かの部族で出会った女との会話を簡単に語った。

「そこまで妖精と深く関わってしまった者が……」

リムはティグルの身体を上から下までじろじろみる。

「ティグルは、植物になったりしませんよね」

「今のところなっていないな。テトはそういう感じの妖精ではない気がする」

「しかし、そうではない妖精もいる、と。あの夢で、妖精が地に溢れるということは、そうではない妖精が人におおきな影響を与えるようになってしまう、という意味も込められているのでしょうか」

「そこまで詳しいことは、わからないな」

ティグルは首を横に振る。

「テトに聞いてみたいところだ」

空が茜色に染まるころ、ボスタルとサンディは仲良く馬を並べて戻ってきた。

とはいえサンディはテトを抱きかかえ、揺れる馬の背で居眠りをしていた。ボスタルはそんなサンディを心配そうにそばで見守っていたようで、無事に『一角犀《リノケイア》』の大宿営地に戻ったときにはおおきく息を吐いていた。

ティグルが近寄ると、馬を下りたマシニッサの息子はピンと背筋を伸ばし、疲れた顔を引き締め、頬を上気させて、自己紹介してくる。

「よろしく、ティグルヴルムド＝ヴォルンだ。気軽にティグルと呼んでくれ」

「魔弾の神子様……いえ、ティグル様、よろしくお願いいたします！」

右手を差し出すと、両手で強く握り返された。そのまま、いつまでたっても手を離してくれない。口もとをにやけさせ、ティグルの掌をなんどもさする。

「これがティグル様の手か……。北の白肌の英雄、竜殺しの手なんだ……」

「俺の手がそんなに気になるか？」

「父がいつも言ってました。手には男のすべてが出ると。父の手より柔らかくて、でもすごく分厚い皮をしています。とてもたくさん訓練をした手です」

「そういう風に褒められたのは、初めてかもしれないな」

ティグルの声が耳に届いたのか、サンディが目を覚ます。

「お父様っ！」

少女は馬から下りようとして、その身をよろけさせた。頭から落ちかけたところで、その身が宙で停止する。サンディは空中で体勢を上下反転させ、そのうえでゆっくりと地面に降下した。着地する。ふう、と息を吐き出した。

「あぶなかった、です！」

「おまえ、すごいな」

その光景を目を丸くして見守っていたボスタルが、感嘆の声をあげる。サンディは朗らかに笑ったあと、なんともいえない顔をするティグルをみあげて、あっ、とまた声をあげる。

「今のは、使っちゃ駄目でした！」

「いや、この場合は仕方がない。自分の身が危うくなるくらいなら、目立つ方がまだいい」

「わかりました！　危ないときは、使います！」

ティグルはボスタルの方に向き直る。

「今のこと、あまり言いふらさないでくれ。この子は人とちょっと変わったところがあるが、俺とリムはこの子のことを、ほかの子と同じように育てたいと思っているんだ。君にも手伝って貰えるだろうか」

「はい！　俺にできることなら、なんでも！」

ボスタルは姿勢を正して元気のいい返事をする。

そのやりとりを馬の背から眺めていたテトが、かわいらしい声で鳴いた。

「下僕たちは面倒なことを考えるものなのですね。どのような子であっても、同じく子は子でありましょうに」

その声はティグルとサンディにしか聞こえない。

「はい、同じです！」

サンディはテトに返事をして、彼女に向かって両手を伸ばした。テトは馬の背から跳躍し、少女の胸に飛び込む。サンディはテトの背をゆっくりと撫でた。

「よしよし、です！」

「今、その猫と話をしたのか？」

「はい！　テトは、ええと……ごえい、です！」

「護衛？　そうか、おまえを守る……北大陸《ネステール》でいう、騎士、なんだな」

「失礼ですね、下僕。テトは騎士ではありません。おまえたち下僕を寛大な心で守り導いているのですよ？　よく心得なさい」

テトのかわいらしい鳴き声を肯定と受けとったのか、ボスタルはうんうんうなずいていた。ティグルはあえて誤解を訂正しない。必要ならサンディが上手くやるだろう。

サンディは、ここまで自分たちを乗せてきた馬の鼻面を撫でて、「ありがとう、ございます！　また乗せてください！」と挨拶する。

「ティグル様、竜殺しの話を聞かせていただけますか？」

「構わないが……どの竜の話だ」

「たくさん竜を殺したんですか！」

ティグルとボスタルは天幕に向かって並んで歩く。テトを抱えたサンディが、その後ろをついてきた。

間もなく日が暮れる。焚き火のまわりに人が集まっていた。香草がたっぷり入ったスープの煮える匂いが漂ってくる。

天幕の間を歩くティグルの姿をみて、メニオが駆け寄ってきた。

「ティグル様、戻ってらしたのですね！　いろいろ報告があるのですが……」

「すまない、メニオ。あとで必ず話は聞く」

「わかりました。家族との時間を大事にしてくださいね」

メニオは、ティグルの後ろを歩くサンディをちらりとみて、うなずいた。

†

翌日は朝から叩きつけるような雨が大宿営地に降り注いでいた。

ティグルはボスタルと共に馬で大宿営地を出て、少し離れた草原で馬を下りた。人に似せた的を立てる。ティグルは的から三百アルシン（約三百メートル）離れたところで黒弓に矢をつがえると、よく狙って矢を放った。矢は狙い過たず、的に突き刺さる。

「すごい！　この雨と風で、あれだけ遠くの的を一発で射貫くなんて！」

ボスタルは目を輝かせて喜んだ。

ティグルは的に近づく。矢は、人であれば首のあるあたりを射貫いていた。

「脳天を狙ったんだ。また、狙いがずれているな」

「でも、的に当たらないよりはずっといいです」

「毎日、雲の重さが違うからな……」

「昨日、聞きました。雲が重くなっている、と。本当なのですね」

「雨と風のことも考慮したんだが、思ったほど上手くいかないものだな」

「そんなことまで……」

「やらなきゃ、いけない」

ティグルは的に刺さった矢を引き抜く。

「やらないと、あいつには勝てない」

「ネリー、という女ですか。『赤獅子《ルベリア》』と『剣歯虎《サベイリ》』の魔弾の神子ですよね」

「ああ。奴は必ず、俺たちの前に立ちはだかってくる」

「父は……『赤獅子《ルベリア》』に交渉に赴きました。大丈夫なのでしょうか」

ティグルは、うつむくボスタルの頭の上に手を置いた。

「心配ない。君の父親は、すごい人物だ」

今のティグルでは、そんな慰めの言葉しか出てこなかった。

第3話　マシニッサの戦

マシニッサは『黒鰐《ニーゲラ》』の魔弾の神子《デウリア》だ。

口髭と顎髭をたっぷりとたくわえた偉丈夫で、今年で四十一歳となる。

この年まで現役の魔弾の神子であるというのは、なかなかに骨の折れることであった。弓巫女《アルディア》と違い、魔弾の神子に必要なのは実力だけだからである。

基本的には、部族のなかでもっとも弓の腕が立つ者が魔弾の神子となるのだ。

マシニッサは十七歳のときに魔弾の神子となって以降、部族の弓試合においていちども覇者の座を譲っていない。日々の鍛錬《たんれん》を怠らず、昨日より今日、今日より明日、弓の腕を上げ続けているという自負があった。

数年前までは、当時双王《そうおう》であった男と共に、マシニッサか彼か、どちらがカル＝ハダシュトで一番の弓の使い手かと噂されるほどの射手であった。

その人物とはなんども戦って、結局、最後まで決着がつかないままだった。

最終的に、好敵手は流行病によってこの世を去ってしまった。煮えきらない思いだけがマシニッサの心に残った。

『黒鰐《ニーゲラ》』の弓巫女は、その名をスフォニスベという。マシニッサと同じ年に生まれた幼馴染みだ。数多の浮き名を流したマシニッサであるが、スフォニスベとはいちども男女の関係になったことがない。

かといって、嫌い合っているわけでもなかった。今となっては、長年連れ添った夫婦よりも、この魔弾の神子と弓巫女の方が互いのことを理解している自負がある。

少なくとも、九人の子をもうけた五人の女たちよりは、ずっと。

それは、マシニッサが子に愛情を注いでいないことを意味しない。

彼の子のうちふたりは、事故と戦いで命を落とした。残りのうち、十五になり成人の儀式を終えた六人はそれぞれ部隊長となって活躍している。

もっとも年下で十歳のボスタルは、『一角犀《リノケイア》』に人質として預けてきた。ティグルヴルムド卿とリムアリーシャは信じるに足る人物であると、マシニッサは理解していた。

故にこれは人質の体を借りた、いざという時の備えであった。

万一のことがあった場合、ボスタルは自分の遺志を継ぎ、必ずや『黒鰐《ニーゲラ》』を再建してくれるだろうということだ。だから、憂《うれ》いはない。

マシニッサは数人の供を連れて、島の西部に移動した『赤獅子《ルベリア》』のもとへ旅に出た。『赤獅子《ルベリア》』と『剣歯虎《サベイリ》』に帰還したというネリーと実際に会って、彼女に己の言葉を届けるために。彼女の真意を知るために。

旅の間に、同行する兵はなんどもマシニッサをいさめた。

「ネリーという女は信用できません。あなたを謀殺する絶好の機会ではありませんか。せめて、直接赴くのは代理の者にするべきです」

マシニッサは首を横に振った。

「俺はな、あの女といちど、腹を割って話をしてみたいのだ。奴は謀殺などせんよ。そんなことをしては、奴自身が面白くなかろう」

「面白いかどうかで戦をする者がいますか?」

「正気なら、しないだろうな。だがな、あやつはもとより正気ではない。それは、いちど会ってみて、よくわかった。あやつは道楽のために生きているのだ」

「私人ならばともかく、『赤獅子《ルベリア》』と『剣歯虎《サベイリ》』を背負っているのに、ですか?」

「そうではない。奴は『赤獅子《ルベリア》』と『剣歯虎《サベイリ》』を己のために利用しているのだ。このカル＝ハダシュトを利用している、と言ってもよいかもしれぬ。我らとはまったく別の論理で生きているのだろう。故に、我らの理屈で考えても、奴のたくらみは理解できぬ」

「北大陸《ネステール》の奴らめ！　これだから白肌は油断がならぬのだ！」

兵のひとりが罵《ののし》った。マシニッサは笑う。

「白肌にも、ティグルヴルムド卿やリムアリーシャ殿のように信頼できる者もいる。ディドー殿も、北の地で生まれ育ったと聞いた。人は千差万別、生まれや肌の色でこうと断じていては、相手を理解することなどできぬぞ」

「彼らのようなまっすぐな者たちならともかく、ネリーのごとき奸物、理解する必要がありましょうか」

「ないかもしれぬ。だが俺は、理解したいと思った。なぜ奴がカル＝ハダシュトに来たのか。なぜカル＝ハダシュトでなければならなかったのか。この地で、はたしてなにをなそうというのか。それを、奴の口からじかに聞かねばならぬと感じたのだ。たとえこの身を危険に晒《さら》してでも、だ」

「あなたに万一のことがあれば、『黒鰐《ニーゲラ》』はどうなってしまうのですか」

「俺ひとりがいなくなったところで、『黒鰐《ニーゲラ》』はなんとかなるさ。スフォニスベには迷惑をかけるがな」

弓巫女スフォニスベは、マシニッサの出立の際、「仕方がありませんね。帰ってきたら、しばらくは部族のために尽くしなさい。女遊びはほどほどにして、ですよ」と肩をすくめて見送ってくれた。

彼女には、いつも負担をかけているなと感じる。それはそれとして、戦に関して自重するつもりもなかった。

「話し合って、互いを理解して、それで戦にならぬということなら納得するのですが……」

「いや、戦にはなろう。もはや戦は不可避であると、俺は考えている。奴はむしろ、戦をこそ望んでおろうさ」

「では、何故」

「戦となってからでは、交わせぬ言葉もある」

互いに殺し合えば、怨恨《えんこん》が生まれる。

覇を競うことに慣れた七部族同士であっても、それは必然であった。だから、そうなる前に言葉を交わしておく。若いころから、マシニッサはそう教えられてきた。幾度も戦って、後悔したこともある。あのとき、事前に言葉を交わしておけばよかったと。

「本当は、俺ひとりで赴いてもよかったのだ。だがスフォニスベの奴がな、後進を育てることも務めであると言って聞かなくてな」

「俺たちに、学べと」

「そうだ。俺もそうして、先代から学んだ。そうして部族は、連綿と続いていく。次の代も、その次の代も、だ」

そのはずだ。マシニッサは思う。これまではそうだったが、これからもそうとは限らないな、と。だがそれは、口にはしなかった。

『一角犀《リノケイア》』の大宿営地で、色とりどりの服で着飾る女たちをみた。初めて食べる料理があった。北大陸の食材や香辛料を使った料理だった。呑んだことのない酒を呑んだ。癖が強くあまりうまいとは思わなかったが、『一角犀《リノケイア》』の男たちはおいしそうに呑んでいた。

ものごとは移り変わる。七部族というかたちもいつまで残るのだろうか。

部族に終わりが来る、ということがどういうことか、今の彼には漠然と理解できた。

ひとつの時代が終わる、ということだ。

この国が、おおきく変わっていくということだ。

そこにはもはや、マシニッサのような存在の居場所はないだろう。

それがいいことなのか、悪いことなのか、彼には判断がつかなかった。

「俺も遠からず、次の代に魔弾の神子の座を譲るときが来るだろう」

だからマシニッサは、ただそう告げるだけにした。

次の代のことは、次の代の者が考えればいい。

彼が考えられるのは、ただ、今このときのことだけであった。

†

『赤獅子《ルベリア》』の大宿営地を訪れたマシニッサ一行は、存外の歓迎を受けた。

弓巫女が笑顔で歓待し、「ネリーは今、『剣歯虎《サベイィリ》』におります。明日には参りますので、ひと晩、この大宿営地でお寛ぎくださいませ」と告げた。

『赤獅子《ルベリア》』の弓巫女は、名をレアーという。年はたしか、二十三。この年になるまで誰とも子をつくったことがないという。七部族においては、弓巫女であっても珍しいことであった。『黒鰐《ニーゲラ》』の弓巫女スフォニスベでさえ、男女ひとりずつの子を産んでいる。

レアーは赤髪で黒眼の、美しい女だ。部族の男が放っておくはずもない。マシニッサもいちど、一夜を共にしないかと口説いたことがある。笑って断られた。

自分のような者はマシニッサにはふさわしくない、と告げられた。そんなことはなかろうと反論したが、取りつく島もなかった。

人当たりがよく、なにをさせても如才なくこなす女だが、自分と他人との間に壁をつくって、絶対に踏み込ませない領域を持っているな、というのがマシニッサの印象であった。

そんなレアーが、魔弾の神子であるネリーにはずいぶんと心を許しているようにみえたのはいささか不思議であった。

とはいえ、歓待するという彼女の言葉に裏はあるまい。マシニッサはおとなしく彼女に従い、『赤獅子《ルベリア》』に滞在することを決めた。

「罠ではありませんか」

あてがわれた天幕のなか、弓巫女レアーが立ち去ったあと、供の者が言った。

マシニッサは笑い飛ばした。

「あの弓巫女のことは、よく知っておる。こざかしい奴だが、主人の期待を裏切るようなことはせん」

「主人……ネリー、ですか」

「今回、顔を合わせて、わかった。あやつの目は、ひとに判断を委《ゆだ》ねる者のそれだ」

　誰が意思決定者かわからなくては、交渉などできない。マシニッサは長年、部族を切り盛りするなかで、誰と交渉すればいいか、相手の顔をみて理解できるようになっていた。ここ十年ほどは、いちども外したことはない熟練の勘である。

「そのネリーが彼女に謀殺を指示するかもしれません」

「以前もいったが、心配せずともよい。謀殺に走るのは、相手を恐れるからだ。ネリーというやつは、俺を恐れておらん。の正々堂々の戦いこそ望むところであろう。料理の毒味もするなよ。俺はできたての温かい料理を食いたいのだ」

　マシニッサ一行は運ばれてきた料理に舌鼓を打った。西の海岸線で採れる海藻を生かした深みのあるスープは、マシニッサの部下たちも目の色を変えておかわりをするほどであった。マシニッサは、料理を運んできた若い給仕《きゅうじ》をつかまえて訊ねた。

「このスープの味つけ、これまでの『赤獅子《ルベリア》』にはなかったものだな。どこから得たものだ？」

「魔弾の神子様ですよ。故郷の料理とのことです」

　マシニッサは、ほう、と声をあげた。

「白肌の者の国は寒いと聞いたが、このスープは暖かい国で生まれたものではないか？」

「温暖で、食の豊かな国であった、とおっしゃっていました。この島では手に入らない食材がいくつもある、と嘆いていました」

貴重な情報だ。マシニッサはさらに話を聞こうとしたが、若い給仕は「仕事がありますので」と食器を片づけ、去ってしまった。

「料理など聞いて、意味があるのですか」

「俺が知るいかなる国の料理でもない、となれば意味はあろう。ますます興味深いことだ」

マシニッサは腕組みして唸った。


翌日の昼。雷雨のなか、ネリーは単騎で『赤獅子《ルベリア》』の大宿営地にやってきた。

「やあ、『黒鰐《ニーゲラ》』の魔弾の神子殿。あなたとはいちど、酒を酌み交わしたいと思っていたんだ」

黒髪をずぶ濡れにして、先触れも出さずマシニッサたちの天幕に入ってきたネリーは、したたり落ちる雨粒を拭いもせず、開口一番そんなことをいう。なにごとかと腰を浮かせたマシニッサの供の者たちも、ネリーの屈託のない笑顔をみて、毒気を抜かれたような顔をしていた。

マシニッサは呵々《かか》と笑う。

「ならば、今から酒を酌み交わすか」

「それがいい。さっそく――」

「さっそく、ではありません」

『赤獅子《ルベリア》』の弓巫女レアーが現れて、ネリーの耳を引っ張った。悲鳴をあげる彼女のそばで、

「まずは長老にご挨拶を」と告げる。

「あとでいいだろう、そんなもの。われは魔弾の神子だよ？」

「魔弾の神子様だからこそ、義務をぞんざいに扱わないでください」

弓巫女レアーは、あっけにとられたマシニッサに一礼すると、魔弾の神子ネリーの耳を引っ張ったまま天幕から出ていった。『赤獅子《ルベリア》』の兵が数人、改めてマシニッサに非礼を詫びた。

「魔弾の神子様のお言葉をお伝えいたします。酒宴は雨があがってから、それまでに雑事を片づけておく、と」

そう言って、『赤獅子《ルベリア》』の男は天幕の天井を仰ぐ。

「もっとも、この雨はとうぶん止みそうにありませんが……」

「いや、夕方には止むであろうよ」

マシニッサはなにげない様子で告げた。『赤獅子《ルベリア》』の男がきょとんとしているのをみて、その肩を叩く。

「酒宴の準備をしておくがいい」

はたしてマシニッサの言葉通り、雨雲は夕方を待つまでもなく去っていった。

「いつものこととはいえ、たいしたものですな」

雲ひとつない空をみあげて、マシニッサの部下が感嘆の声をあげた。

雨があがると共に酒宴の準備が行われた。人々が天幕から飛び出し、焚き火をつくるとその上に鍋を乗せ、水を沸かす。次々と食材が投げ込まれ、ほどなくすると香しい匂いが周囲に広がった。

茜色を眺めながら、大宿営地のあちこちで酒が酌み交わされた。マシニッサに酒を注ぐのはネリーであった。この国ではあまりみない、琥珀色の蒸留酒をふたりでぐいと呷る。

喉の奥が焼けつく。ふたり同時に、「うまい」と叫んだ。

「北大陸から持ってきた酒なんだ。ひとりで呑むのももったいないと思っていたんだが、ようやく開けられたよ」

「俺と、でよかったのか」

「この地の者と呑みたかったんだ」

ネリーは笑ってみせると、もう一杯、マシニッサの杯になみなみと酒を注ぐ。マシニッサはその手をじっとみつめた。

「ずっと昔にね。この地の者と、文だけで、約束をしたんだ。いつか酒を酌み交わそう、と。でもそれは叶わなかった。だから今度こそ、と思ったのさ」

「それは、いつの話だ」

「お察しの通り、ずっと昔の話さ。ティグルヴルムド卿に聞いただろうか？　われはいちど死に、奇縁によって蘇った。もはやわれの国は跡形もなく、その痕跡さえ残っていないらしい。

この酒も、われの国の酒とはまったく違う。うん、こっちの方がずっとうまいな。料理も、おおむね今のこの国のものの方がうまい。時代は流れて、ヒトは変わった。あのときの難民たちが、かくも偉大な国をつくりあげたのだ」

「会議のときに言っていたな。おまえはこの国の建国の様子を知っていると」

「ああ、別に定説を覆《くつがえ》すとか、建国物語をけなすとか、そういうことはしないよ。この部族の人たちには、なにも伝えていない。必要がないからね。人には、信じるものが必要だ。彼らは彼らの想いを抱えて生きていくべきだ」

「それが偽りであるとしても、か」

「誰が真と偽を決めるのか。百人の村で百人が真といえば、それは真なのだよ。われはそうして生まれた真を、かけがえのないものであると思っている」

「その割には、おまえの行動は、この島をだいぶ揺るがしているように感じるが?」

ネリーはもう一杯、蒸留酒をなみなみと器に注ぐとひと息で呑み干した。

「われにも望みはある。われにも真はある。われの真と皆の真がひとつであれば、これほど素晴らしいことはない。そうは思わないか」

「おまえの真は、ずいぶんと人を惑《まど》わす真であろうに」

「人が生きていれば、誰かを惑わすものだよ。変わることは、そんなに悪いことかな」

「程度の問題だろう。世に妖精が溢れるようなことを、この島のほとんどの者は望んでおるまい」

「案外、そんな世界もいいものかもしれないね。でも、もちろんわれは、そんな世を望まない」

ネリーは空をみあげた。気の早い星が空に瞬きはじめていた。

「共に、馬で駆けないか」

是非《ぜひ》もなかった。


月のない夜だった。晴れ渡った空に無数の星が瞬いている。

夜の草原を、馬が二頭、並んで歩く。マシニッサとネリーは、大宿営地から離れてしばらく、無言で馬の背に揺られていた。

西の浜から強い風が吹き抜ける。背の高い草がおおきく揺れて、まるで小人の妖精が踊っているかのようだった。

「思考実験をしよう、マシニッサ。民を永遠に統治する賢王がいるとする。かの国の民は幸せだろうか」

「知らん。賢い王というのが誰にとっての賢さか。その国に充分な食物があるのか。周囲の国はどうなのか。大地は、気候は、その地の妖精たちは、民とどう結びついているのか。なにもわからん状態で答えなど出るはずもなかろう」

「だから、思考実験さ。完全なものや完璧なものなど、この世に存在するはずもない。それでも、理想に手を伸ばすことはできる。より良いものを目指してあがくことはできる。人はそうして、前に進んでいくのだ」

「それは、一線を退いた老人たちの議論だな。部族を率いる者がするべきものではない。存在しないものに拘泥して目の前の穴に落ちるような真似《まね》は、一流の馬の乗り手がするべきことではない」

にべもなく否定され、ネリーは苦笑いして押し黙った。

ふたりはまた、しばらく無言で馬を進めた。

やがてふたたび、ネリーが口を開く。

「われが生きた時代、とある神を信仰する敬虔《けいけん》な者たちが集まって、国をつくった。神は常にわれらと共にあった。そういう時代であったのだ」

マシニッサは黙ってネリーの語りに聞き入った。

「神がヒトと共にある、とはどういうことか。いつも神がみていると、強く信仰するとはどういうことか。ヒトは己を強く律するようになる。野盗とて、己の行いを神が知るとなれば、邪悪を働くことに恐れを覚える。まあ、それでも開き直る者はいたし、神もヒトの粗暴さをいちいち咎《とが》めたりはしなかった。ヒトはあるようにあるものだ。もとより神とヒトでは、みているものが違う。ものごとの理解すら違う。それでも、そのような存在がヒトと寄り添っているという認識は、ヒトを謙虚にさせた。――いや、さすがにこれは言いすぎかな。そうなる者もいた、程度に捉えて欲しい。この草原でだって、無知と無謀で己の命を散らす輩は枚挙に暇がないだろう？」

「『砂蠍《アルピラ》』のように、か？」

「彼らは、まだ彼らなりの勝算を持っていた。少なくとも、当初はね。ひとつ計画が失敗したあと、次第に己の分というものがわからなくなっていったことについては、擁護のしようがない」

「貴様があらぬことをそそのかしたのではないか？」

マシニッサは、『黒鰐《ニーゲラ》』が『森河馬《ハイポータ》』と連係して『砂蠍《アルピラ》』を追い詰める過程で、『砂蠍《アルピラ》』が無謀にもティグルヴルムド卿を狙った一件について、目の前の人物の関与を強く疑っていた。

ちょうど、ネリーが姿をくらましていた時期とも一致している。はたして……。

「そうだね。われの思惑としては、ティグルヴルムド卿をちょっとだけ足止めしたかった、というところなのだが、あまり役に立たなかったようだ」

「己の策謀をあっさりと認めるのだな」

マシニッサは少し驚いた。てっきり、相手がすっとぼけると思っていたのだ。

「遠くからあれこれ操ろうとしても、上手くいかないものだね。やはり、ああいうやりかたはわれの肌に合わぬようだ。それがわかっただけでも、収穫とせねばなるまいさ」

「人を物のように使い捨てて、その言い草か」

「この件に関しては、申し訳ないなんてこれっぽっちも思っていないよ。策謀とは、そういうものだ。われらは、われらが望むもののために戦っている」

「それが、貴様のいう、神と共にある国から生まれた生き方か」

ネリーは呵々大笑《かかたいしょう》した。

「手厳しい。素直にわれの負けだ。われらが信仰する神はそのような細事にとらわれぬとはいえ、われの行為が敬虔な信徒としての生き方ではないのは事実なのだから。とはいえ、われはわれの行いに対してなんの後悔もしていないよ。われは、ただわれの望みのために生き長らえたのであるからして」

「その望み、とは？」

「些細な願いさ。われはずっと以前に生きた者だ。当時はあったそれを、とり戻したい。もういちど、あのようにありたい。あるべきものを、あるように戻したい。それがほんのわずかな間だけでも。ただ、それだけなのだ」

「具体的には？」

「わが神を、この地に降ろす。われはそのために、この島に赴いた。この身に矢を宿したのは偶然だが、おおいに利用できると思った。存外の信望を得た。彼らはわれを利用して、この国での立場を確保しようとした。ならばわれも、彼らを利用させてもらうまでだ」

「このこと、『赤獅子《ルベリア》』と『剣歯虎《サベイリ》』の民が知ったらなんとするかな」

「ご随意に。彼らはわれを信頼せずとも、信用しているのだ。正しくあのお方が降臨したなら、夢のようにはならんよ。われが望むお方は、そのような未来を望まぬのだから」

マシニッサはネリーの横顔をじっとみた。女は天をみあげていた。星明かりを浴びて、女のまなざしはまっすぐに夜空の星々をみつめていた。

「嘘を言っているようにはみえんな」

「で、あろうさ。われは謀をなす者であるが、姑息な嘘はつかぬ。真に国を動かす者たちに侏儒《しゅじゅ》はいない。嘘のひとつも見抜けぬ愚物はいない。それは今も昔も変わらぬことであろう?」

「そうであればいいと思っているがな。思いのほか保身しか考えぬ侏儒もいるし、吐いた言葉のひとつも守れぬ愚物もいる。ヒトとはそういうものだ」

「あのお方と共にあるようになれば、おのずと変わる」

「そうかな。俺にはそうは思えん」

マシニッサはまっすぐ前を向いた。頼りない星明かりに照らされて、草原の草が浜風で波打っていた。

「俺たちには、この大地さえあればよいのだ。ヒトが臆病に震えて、なにが悪い？　愚かであって、なにが悪い？　ヒトは、もっと単純に生きればよい。何百年も、俺たちはずっとそうしてきた。これからもそうであって、なんの不都合があろうか」

ネリーの馬が静止した。マシニッサは数歩、己の馬を歩ませたあと、ゆっくりと振り返る。

ふたりの英雄は向かい合った。

「草原には、草原の掟があるのだ。おぬしの考え方は、草原になじまぬよ」

「蘇ってから、北大陸を巡った。昔と変わったことが数多あった。でも変わらないこともたくさんあったんだ。ヒトはどこでもそう変わらないし、場所と時代が移っても、同じものはある。あなたが思うほどの差異はないし、かといって変わらないものもない。それは北大陸でも南大陸《メリデール》でも、この島でだって同じことだ」

「それは、この地のヒトの営みを壊してまですることなのか」

「壊れないいさ。われとて、ヒトのひとりだ。ヒトに好かれれば、その者を大切に思う。慕《した》われれば、期待に応えようとしてしまう。この地には友がいる。われを仲間と思う者たちがいる。彼らのすべてを裏切るような真似はできないな」

　マシニッサの脳裏をよぎったのは、目の前の女を友と呼ぶ弓巫女ディドーの顔だった。

「その割には、夢などみせて脅したではないか」

「あれもまた、あり得る可能性のひとつ、とりうる未来のひとつだよ。なにひとつ嘘ではない。実際のところ、ティグルヴルムド卿が抱えたものは、それだけとびきりの厄介なのだ」

「あの娘のことか」

　マシニッサは夢でみたのとそっくりの姿をした少女を、ティグルとリムの娘の姿を思い浮かべた。

「会ったのだね」

「まっすぐな目をした子であった。この大地で生まれた子だ。この大地でよく育てばよい」

「あいにくと、そうはならないんだ。かの者は、ヒトの身には過大な力をその身に宿している。われであれば、その力を上手く引き出すことができよう。それが、この島にとってもより良い未来となる」

「信用ならんな」

　マシニッサは鼻で笑った。

「ほかでもない、ティグルヴルムド卿であればともかく、貴様の言葉ではな。あの娘を手に入れて、なにをするつもりだ」

「あなたはわれのことは信じられぬのに、ティグルヴルムド卿の言葉はかくも容易に信じるんだね」

「これまでの行いを振り返ってから、今の言葉、もういちど言ってみるがいい」

　少し首をかしげたあと、ネリーは笑った。

「これは、われの負けだな。どう考えてもうさんくさいわれに対して、ティグルヴルムド卿の行いはどこまでもまっすぐだ」

「またしても、あっさりと認めるのだな」

「ひとつだけ言い訳をするなら、そうだね、ティグルヴルムド卿、彼はあまりにも眩しすぎる。彼と比べれば、誰だってその眩いばかりの輝きに打ちのめされてしまうだろう。彼と比較するのは、少しずるくはないか？」

「誰のもとに力を預けるか、という話だ。この島を、大陸の行方すら左右する力を、貴様に預ける気はしない。いや、本来は誰であってもそのような力を手にするべきではないのだ。それでも、ティグルヴルムド卿であれば、悪いようにはしないであろう。俺はそう考えた。これは、ただそれだけの話だ」

そのうえで、とマシニッサはつけ加える。

「最初に貴様は、理想の国について聞いたな。もしティグルヴルムド卿が永遠の王であり続けるとしても、俺はそのような王を認めぬ」

「その結果、マシニッサ殿、あなたが知る部族というものが消えてしまっても？」

「ヒトは移ろう。永遠などない。この先、おおきな変化が起こるとしても、それは俺の息子たちが考えるべきことがらだ」

「無責任だとは思わないかい？」

「草原で生まれた者は、自らの手で馬の手綱を握り、野を駆けるのだ。それが、俺が草原で学んだすべてだよ」

マシニッサはネリーを睨む。

女は、皮肉げに口の端をつり上げた。

「わかった。ありがとう、有意義な話し合いだったよ」

「こちらも有意義だった」

ネリーは馬の手綱を繰り、背を向けた。ゆっくりと大宿営地に戻っていく。

マシニッサは、黙ってあとに続いた。

話し合いは予定通りに決裂した。かくなる上は、なすべきことをなすだけである。


翌日の朝。

マシニッサたちは『赤獅子《ルベリア》』の弓巫女レアーに見送られ、帰路につくこととなった。

「ご健勝をお祈りしております」

「次に会うときは戦場となろう。それでも俺の無事を祈るのか？」

「貴方様と戦場でお会いすることを、魔弾の神子殿は心から願っております故」

「そうであったな。あやつは、そういう奴だった」

マシニッサは身を翻して馬に飛び乗った。馬上から『赤獅子《ルベリア》』の弓巫女を見下ろす。

「魔弾の神子殿に伝えておけ。俺はここに出立する前から、『黒鰐《ニーゲラ》』と『森河馬《ハイポータ》』に動員をかけ、野営地を西に移している。そう待たずとも、ふたたび相まみえることとなろう」

『赤獅子《ルベリア》』の弓巫女は少し驚いた様子でマシニッサをみあげた。

「よろしいのですか。進軍を隠し通しておけば、いくらかでも有利になりましょう」

「なんとなくだが、あやつにそれをしても無駄のような気がしてならぬ。野に生きる獣のように戦の雰囲気を感じとるのではないか」

「まさか、いくらなんでも……とばかりも思えませんね。あの方なら、あるいは」

「もしくは妖精にでも伝手があり、森から我らの進軍を監視しているやも知れぬ。いや、これはさすがに考えすぎか。いずれにしても、その程度の小細工は通じぬ輩よ。――ところで、その問題の御仁は今、どうしておられる」

「天幕で寝ております。貴方様と共に帰ってきたあと、朝までずっと、楽しそうに酒を呑んでおられました」

マシニッサは苦笑いした。

「ひとつ聞くが、あやつ、弓の鍛錬はしておるのか?」

「そういえば、このところさっぱり弓を握っておらぬ様子でございますね。さぞ、己の腕に自信がおありなのでしょう」

「それが慢心《まんしん》でないことを祈るとしよう。弓比べの際、鍛錬不足を言い訳にされても困る」

「あの方に限って、そのようなことは」

レアーは、言葉とは裏腹に肩をすくめてみせた。

「ないと、思いたいですね」

「正直だな。酒は手が震えぬ程度にして、度が過ぎると思ったら奪いとるがいい」

ではな、と告げて、マシニッサは馬を歩かせた。供の者たちがついてくる。一行は振り向かず、まっすぐ東を目指した。

†

マシニッサが『赤獅子《ルベリア》』の大宿営地を出立した日。

ネリーは昼過ぎにようやく起き出した。マシニッサが去ったことを弓巫女が告げても、「そうかい」と返すだけで、さしたる関心を抱いた様子はない。

弓巫女は、マシニッサからの言伝をそのまま語った。

「弓の訓練は必要ないさ。昔から、われには特別な弓の才があるらしい」

「では、酒くらいお控えなさいませ」

「それでは生きている意味がない」

「予想よりもずっと早く、戦になるのですよ」

「むしろ、嬉しいことだよ。楽しみだ」

ネリーは曇り空をみあげた。黒い雲が近づいている。

ほどなくして叩きつけるような雨が降り出した。

†

マシニッサが強行軍で東に駆けること、三日。

陣を移した『黒鰐《ニーゲラ》』の大宿営地は、そこにあった。さっそく、近くにいるという『森河馬《ハイポータ》』の首脳陣を呼ぶ。一両日で会議を開けるだろう。

「ずいぶんと、機嫌がよろしいですね」

『黒鰐《ニーゲラ》』の弓巫女スフォニスベは、マシニッサを出迎えてそう言った。

「機嫌がよさそうにみえるか」

「ええ、とても。『赤獅子《ルベリア》』と『剣歯虎《サベイリ》』の魔弾の神子殿がお気に召しましたか？」

「いや、奴とはとことん合わぬ。骨の髄まで合わぬ。そのことがよくわかった」

「では、何故でしょうね」

さてな、とマシニッサは首を振った。自分でも自分の心がよくわからない。ひとつだけ、わかっていることがある。次の戦を心待ちにしている己がいるということだ。

「さて、俺は寝る」

あくびをして、己の天幕に赴く。歩きながら腕をぐるぐるまわすと、骨がおおきな音を立てた。もう年だ。昔は、数日の強行軍で参ることなどなかったのだが。

ティグルは商家の隊商の噂話で『黒鰐《ニーゲラ》』と『森河馬《ハイポータ》』の大宿営地が西に移動していることを知った。

†

目的は明らかだった。マシニッサは、この二部族だけでネリーの率いる『赤獅子《ルベリア》』及び『剣歯虎《サベイリ》』と、ことを構える気なのだ。

「応援に赴いた方がいいだろうか」

「向こうがなにも言ってこないのです。よした方がよろしいでしょう。七部族には、それぞれの矜持《きょうじ》があるのです」

『天鷲《アクイラ》』の戦士長ナラウアスと『一角犀《リノケイア》』の戦士長ガーラに相談したところ、彼らは揃って首を横に振った。

「それに、今から一軍を差し向けても、決戦には間に合いますまい」

そうかもしれなかった。それでも、なにもできないというのは忸怩《じくじ》たるものがある。

「我らも、せめて弓巫女様がお戻り下されば、打つ手があろうというものですが……」

ナラウアスが呟く。エリッサは未だ、カル＝ハダシュトの都で指揮を執っていた。地震によって広範囲の建物が倒壊し、屋根を失った人々を見捨てることができなかったのである。

『天鷲《アクイラ》』と『一角犀《リノケイア》』としても、後顧《こうこ》の憂《うれ》いを抱えたままでは動きにくい。致し方ないところではあった。おかげでこの二部族は、ちょくちょく大宿営地を移動させつつも、カル＝ハダシュトの都からあまり離れることができないでいる。とんだ足かせであった。

「まさか、ネリーが地震を起こしたわけでもないだろうが……」

「あの人物ならやりかねないわよ」

ソフィーが言う。さすがに冗談だろうが、ティグルも一瞬「まさか」と思ってしまう程度には、彼らの知る弓の王を名乗る者は、常軌を逸《いっ》した力の持ち主であった。

もっとも、その力というのが、どのような制約のもと引き出されているのか、それについては定かではない。彼女がこのカル＝ハダシュト島に現れてから、いちども竜を使役《しえき》していないところから考えるに、なんらかの強い制約があることはほぼ確実なのだ。

「今は、私たちにできることをいたしましょう」

リムが話をまとめた。

「まずは、小部族から要請があった、暴れる象の対処についてです。鎮静化させる香草については充分な量を仕入れることができましたが……」

その日のうちに、マシニッサの子ボスタルが『天鷲《アクイラ》』にいたティグルのもとを訪ねてきた。わざわざ『一角犀《リノケイア》』の宿営地からひとりで馬に乗ってやってきた『黒鰐《ニーゲラ》』の少年は、己の部族の情報を聞いたばかりだとティグルに語った。

「無理を承知でお願いいたします。五百騎で構いません。西に部隊を展開してください」

「今から援軍を出しても、とうてい間に合わない。馬を酷使すれば別だが、それでは足手まといになるだろう」

「決戦に間に合わせるわけではなく、決戦の後に動ける部隊が欲しいと考えました」

ティグルは首をひねったあと、彼がなにを言いたいのか理解した。

「『黒鰐《ニーゲラ》』と『森河馬《ハイポータ》』が敗走した場合、逃走を支える部隊が欲しいということか」

舌を巻く。目の前の少年は、この年で、自分の部族が負けた場合を想定して、助力が欲しいとティグルに願い出たのだ。

「君はマシニッサが負けると思うのか？」

「思いません。ですが、父が俺をここに置いたのは、万一を考えてのこと。なら俺は、万一の場合、父を助けることができる手を打ちたいと思いました」

息子にたいした教育をしている。実際のところ、それはティグルも考えてはいた。しかし大義名分もなしに小規模とはいえ部隊を動かせば、援護どころか相手を混乱させるだけだろうと断念したのだ。

合流して指揮権を委譲するならともかく、ティグルの一存で展開した五百騎に背後を突かれた場合を考えてしまうのが指導者というものであった。

たとえマシニッサがその可能性を否定しても、配下の者は違う考えを持つだろう。そして七部族は、いずれも大宿営地のほかに複数の宿営地を持っている。末端まで魔弾の神子の意志を浸透させることは困難であった。

「その場合、ボスタル、名目上であっても、君に五百騎の指揮を執ってもらう。さもなくば、周囲が納得しないだろう」

「俺はまだ身体に刺青《いれずみ》を刻んでおりません。戦士が俺の指示を聞きますか？」

「君の言葉に従うよう指示をする」

「では、是非もありません」

「決まりだ。君に五百騎を預けよう。実際の指揮は熟練の者が行うが、小部族との交渉では君が先頭に立つんだ」

小部族はそれぞれ、七部族に対する立ち位置がある。『黒鰐《ニーゲラ》』と『森河馬《ハイポータ》』に協力的な部族は、今、共に西へ移動しているだろう。

実際に『赤獅子《ルベリア》』及び『剣歯虎《サベイリ》』との決戦に参加するかどうかはともかく、その庇護下にある以上、遠く離れてほかの小部族につけ狙われても困るという面もある。そのあたりの差配《さはい》をするには、どうしても当事者である『黒鰐《ニーゲラ》』か『森河馬《ハイポータ》』の者が必要であった。

刺青を入れていない者は、厳密にはまだその部族の一員とはみなされない。

同時に、小部族の者たちにとって、ボスタルは立派な魔弾の神子の息子である。それが、たとえ幼くとも、だ。そのあたりの機微を、ティグルはあらかじめ、ナラウアスから説明されていた。

「君に対する友好の証として、『天鷲《アクイラ》』と『一角犀《リノケイア》』から二百五十騎ずつを提供する。君の部下として、ソフィーをつける。自由に扱うといい」

「魔弾の神子様の過分な配慮、痛み入ります」

ボスタルは胸に手を当てる、部族特有の仕草でティグルに頭を下げた。

こんな子どもを戦場の近くに置くのは心が痛むが、さりとてこれ以上の方法は、今のところティグルにはみあたらないのだった。補佐としてソフィーをつけたのは、せめてもの配慮であった。心優しい彼女ならば、悪いようにはしないだろうという確信がある。

かくして、この一手がどう作用するか。

†

エリッサはカル＝ハダシュトの都の広場に張られた天幕のなかで、『黒鰐《ニーゲラ》』と『森河馬《ハイポータ》』が西に動いたとの知らせを受けとった。

「来るべきものが、来ましたか」

覚悟はしていた。もはや猶予《ゆうよ》はない。都での仕事を切り上げる頃合いだった。

「ハミルカル、これからの段取りを検討いたしましょう」

この地での忠実な部下となってくれている若い神官に命じる。

「都の民は、まだまだ弓巫女様を必要としております」

「いつまでも私が差配をしていては、次の双王の領分を侵すこととなりましょう。喫緊《きっきん》の課題は解決したか、ひとまず先延ばしにいたしました。少なくとも、雨季の間をしのぐだけの時間は稼いだつもりです。それ以上は、根幹の原因を突き止め、これを取り除く必要がある。そうではありませんか」

「戦のことはティグルヴルムド卿に任せるわけにはいかないのですか」

「とてもとても、とっても！　そうしたいのですが！　ですが、私はこの身に矢を宿す身です」

エリッサは己の腹部に手を当てた。『天鷲《アクイラ》』の矢は今も彼女のなかにある。

「非才の身なれど、私が戦場にいるかいないかで、勝敗が変わる場面もありましょう。ましてや、相手がネリーであれば」

「親友と戦うことになるとしても、ですか」

「親友と戦うからこそ、なのです。私は臆病で、戦が苦手です。ですが、この身には誇りがあります。宿命で敵味方に分かたれた友を討たねばならぬというのなら、この両の目でそれをたしかめましょう。私の知らないうちに別れがあるなど、どうしても許せないのです」

ハミルカルは観念したように深いため息をついた。

「かしこまりました。神殿に連絡いたします」

「苦労をかけますね。いましばらく、おつき合いください」

結局、それから更に数日かけて、エリッサは都の各所を巡り引き継ぎを行った。あと少し、あと少しと引き留める声は多く、後ろ髪引かれる思いで都を後にせざるを得なかった。

「ものごとを決める順番については、きっちりまとめました。私がいなくとも神殿と商家が決まりごとに従う限り、都は問題なく運営できるでしょう」

と言い残したエリッサであるが、彼女という責任者が消えれば好き勝手を始める者も出てくるだろうな、とは予想している。そこで、念のためハミルカルに書き置きを残した。

「私の直筆の命令書です。いくつかの起こりうるであろう出来事を記して、その対策としての命令を『予言』としておきます。該当する事態が起きたら、存分に利用してください」

とあらかじめ用意していた三十枚ほどの羊皮紙を彼に差し出したのである。エリッサが想定する、各商家や神殿の重鎮たちが勝手なことをした場合の対処が、そこにこと細かく記されていた。

「いざというとき、『弓巫女ディドーはこれを予期していた』と該当する命令書をあなたがとり出すわけです。必要なら、私の筆致を真似して適当につけ加えてください」

「あなたが予言者になってしまいますよ」

「都が混乱に陥るよりはマシと考えましょう」

エリッサとしてもこんな詐欺まがいの手口は好きではないが、背に腹はかえられない。

「ところで、あなたはここまでしておいて、いまさらただの商人に戻れると思っておいでなのですか？」

「戻りますとも。なせばなります」

自分に言い聞かせるように、エリッサは力強くそう告げた。本人が自分の言葉をどこまで信じているかは定かではない。

†

曇天《どんてん》の早朝。

サンディはボスタルの出立に際し、彼の手をとって「ごぶうんを」と告げた。少女の頭の上に乗ったテトが、かわいらしい鳴き声をあげる。

「おまえ、意味がわかって言っているのか？」

「ほかのひとも、そう言ってます」

彼女の言葉に従って横をみれば、ボスタルと共に西へ向かう兵士の家族が別れを惜しんでいた。妻が、恋人が、父が、母が、息子が、娘が、「ご武運を」とこの地の言葉で告げている。

「友の旅立ちは、きちんと見送りなさい。テトにそう言われました」

　ボスタルは頭上の黒い子猫をみつめる。少女に同意するように、子猫はちいさく鳴く。

「おまえは、猫に教育されているのか。いや、悪い意味じゃない。この猫がおまえのことを大切に思っているのは知っている。妖精にはいい奴も悪い奴もいるって聞いたけど、この猫はきっと、いい奴だ」

「テトは、テトです」

　サンディはそう言うと頭の上の子猫を持ち上げて、腹に抱きかかえた。子猫は少女の白い腕に顔をこすりつける。少女に甘えているようだった。

「善いも、悪いもありません。テトを善いとか悪いとか言っては駄目、と」

「それは、猫の方から？」

「はい、今、そう言ってます。難しいです」

　たしかに難しいな、とボスタルは思った。たぶん、妖精とヒトとのつき合い方に関する戒《いまし》めなのだろう。

「おまえは、どうなんだ」

　ボスタルは思わず、サンディにそう訊ねていた。

「ひとに寄り添うのはいい。でも、おまえはどう思うんだ、サンディ」

「どう、とは？」

「おれとの別れを、おまえは悲しいと思うか？　その胸に手を当てて、考えてみてくれ」

少女はきょとんとした表情で胸に手を当てた。

「むずかしい、です」

「今、気づいたんだけどさ」

少年はこれを告げるかどうか迷ったすえ、相手にだけ聞こえるよう、小声で告げた。

「おまえ、自分のことをなんて呼んでる？　私、とも、僕、とも、俺、とも、おれはおまえの口から聞いたことがない」

「自分、とは、なんでしょう」

はたしてサンディは、小首をかしげている。一種、異様なものを感じ、ボスタルは押し黙った。少年は無理に微笑んで、考え込んでしまった少女の頭を撫でてみせる。

「いや、わかった。その先は、帰ってから考えよう。――父をお助けして、すぐ戻ってくる。そうしたら、また遊ぼう。馬のこと、羊のこと、天気のこと、もっといろいろ教えてくれ」

「はい、楽しみです！」

屈託なく笑う少女に手を振って、ボスタルは馬上の人となった。

馬に乗ったソフィーがボスタルのそばに寄る。

「『天鷲《アクイラ》』二百五十騎、『一角犀《リノケイア》』二百五十騎、準備整いました。出立の号令を」

「わかった。皆、俺に力を貸してくれ！」

ボスタルが弓を持った手を突き上げると、五百騎が一斉に声を張り上げた。

少年は先頭に立ち、馬首を西に向ける。

すぐ後ろにソフィーの馬が続いた。

「気負わなくていいわ。肩の力を抜いて。疲れてしまうわよ」

白肌の女が優しい声をかけてきて、ボスタルは全身を緊張させていたことに気づいた。日は雲に隠れ、まだ朝早いというのに、汗をびっしょりかいていた。

「少しずつ慣れましょう」

「ありがとう。これからも、よろしく頼む」

額の汗をぬぐって、ソフィーにぎこちなく笑いかける。

†

マシニッサは自軍を振り返った。

朝霧のなか、無数の弓騎兵が整列している。

『黒鰐《ニーゲラ》』と『森河馬《ハイポータ》』、合わせて一万五千騎。『砂蠍《アルピラ》』を追い詰める際は軍を分割しており、勢揃いしたことがなかった。長く魔弾の神子を務めていた彼とて初めてみる、壮観な光景であった。

「指揮は、お任せいたします」

『森河馬《ハイポータ》』の魔弾の神子が馬を寄せて告げる。若い男だった。先日、カル＝ハダシュトの都で前任が倒れたあと、新しく魔弾の神子となった青年だ。弓の腕はたいしたものだが、大軍を動かす経験ではいささか頼りない。

もっともそれを言えば、マシニッサとて、これほどの大軍をいちどに動かしたことなどなかった。だが、いまさら否とは言えない。ここに集う以前、会議で決めたことだ。

「うむ、謹《つつし》んで承る」

「マシニッサ殿、あなたが仲間でよかった。あなたほどの人物を相手にする敵軍には同情してしまう」

「さて、どうだかな」

地平線の彼方に、馬蹄《ばてい》の音が響く。強い風が吹いて霧が晴れた。敵軍が姿を現す。

敵も同じく、推定一万五千騎。弓騎兵を左右に広く展開させている。

『赤獅子《ルベリア》』と『剣歯虎《サベイリ》』のほぼ全軍だ。総大将の名は、ネリー。『剣歯虎《サベイリ》』の弓巫女であり、『赤獅子《ルベリア》』と『剣歯虎《サベイリ》』の魔弾の神子でもある女だ。

『黒鰐《ニーゲラ》』と『森河馬《ハイポータ》』は、夢はネリーの仕業であると断じた。海が荒れ生き物たちが暴れるこの天変地異の原因も、ネリーである。

神の力を徒に用い、異国の神を降臨させようとした者こそ彼女である、と。それが証拠に、かの夢において神の名はこう呼ばれた。

ティル＝ナ＝ファ。

ネリーがかつて、ティル＝ナ＝ファに仕える者、ティル＝ナ＝ファの巫女であったという証言を、魔弾の神子マシニッサは手に入れた。ほかならぬ彼女がそう語ったというのである。

ネリーは名を失ったこの地の神にかわって、ティル＝ナ＝ファをこの地に降ろそうとしている。これは七部族の矢に対する明確な敵対行為だ。そう宣言したのであった。

故に、二部族の要求は、たったのひとつ。

ネリーの首を引き渡すこと。

『赤獅子《ルベリア》』と『剣歯虎《サベイリ》』はこれを拒否し、この地に陣を敷いた。

「せいぜい油断してくれればいいんだがな」

「なにを弱気な。我ら精鋭一万五千騎、今や敵を穿つ一本の矢。この戦い、必ず勝てます」

「無論、勝つさ。今の言葉は忘れてくれ。年をとると、余計な心配までするようになる」

マシニッサは首を振った。ふたりの女が馬に乗ってやってくる。『黒鰐《ニーゲラ》』の弓巫女であるスフォニスベと、『森河馬《ハイポータ》』の若い弓巫女タニータであった。仲良く馬を並べて、歓談している。戦の前だというのに呑気に笑っていた。

いや、これはスフォニスベが若い弓巫女を安心させるため、あえてやっていることなのだろうなとマシニッサは考える。年が同じで幼い頃から共に暮らした間柄だ。相手の考えることなどだいたいわかってしまう。

　無論、相手もこちらの考えなどとうにお見通しである。

「気負っていますね」

　馬を寄せて、スフォニスベは小声で告げた。悪戯っぽく笑う。

「もっと肩の力を抜きましょう」

「おまえに言われずとも、そうするさ」

「空元気ばかり。——そんなに強いですか、ネリーという女は」

「強い」

　彼女に対して虚勢を張っても無駄だ。マシニッサは素直にそう告げる。

「俺が死んだら、後のことは任せるぞ。おまえは必ず生きろ」

「共に死ね、とは言ってくれないのですか」

「俺は魔弾の神子で、おまえは弓巫女だ。互いに為すべき役目がある。部族の役目は、命よりも大切なものだ。若きころ、互いにそう約定を交わしたではないか」

「あのころは、お互いにこの年まで生きるとは思ってもみませんでしたよ」

「俺は老いに負けるまで魔弾の神子であるつもりだったんだがな。この戦いが終わったら、あとの者に席を譲るのもよいかもしれぬと思い始めた」

「弱気ですこと」

「近頃は、わからぬことが増えた。酒の種類も増えた。女もへんに着飾るようになった。もはや俺の時代ではないのだろう」

「あなたの時代なんて、いつあったのかしら。それに、私の同年代の女も渡来の化粧で着飾っておりますよ。毎日が楽しいって言っているわ。老け込むのは、あなたひとりでなさいな」

「少しは手加減せんか」

「嫌よ。皆、あなたに遠慮するんだもの。私ひとりくらい、遠慮なしにけなす人がいないと、釣り合いがとれないでしょう」

マシニッサは苦虫を噛みつぶしたような顔で目の前の女をみつめた。スフォニスベはころころと笑う。

「無理をする必要も、背伸びをする必要もないわ。この戦いに意味があるとしたら、それは皆が明日を生きるため。そうでしょう？」

「で、あるな」

マシニッサとスフォニスベは自軍の方を向いた。

今か今かと待機している馬群を前に、マシニッサは今いちど、声を張り上げる。

「七部族の矢にかけて！　俺は宣言する！　俺たちは大地の民だ！　この草原の民だ！　この島で生きる者だ！　幼きころより馬と共に草原を駆け、老いては草原で死ぬ。俺たちはその生き方しか知らぬ。それ以外の生き方などいらぬ。故に、この戦いは我らの生き方を守るためのの戦いだ！」

一万五千騎が、一斉に沸いた。

マシニッサの名が、ほうぼうで熱狂的に叫ばれる。

ネリーに対抗するための策はあった。準備は万全、あとは幸運の風が吹くことを祈るのみである。


マシニッサは弓を握る右腕を振り上げた。

喇叭《らっぱ》と太鼓の音が草原に響き渡る。


弓騎兵の軍勢同士が戦うとき、通常は適切な距離を保ちながら運動を続け矢を射かけ合うこととなる。動きながらの射撃は難しく、よほどの射手であっても的に当てることが難しい。

だがそれも、大集団同士ともなれば話は変わる。避けようもない矢の雨を浴びて無事でいられる兵馬はない。必然、矢が届くか届かないかギリギリの距離で矢を射かけ合うこととなる。

両軍合わせて三万騎の衝突は、距離をとっての撃ち合いで始まった。時折、運の悪い兵が矢を受けて倒れていく。『赤獅子《ルベリア》』と『剣歯虎《サベイリ》』の連合軍はネリーの指揮のもと、巧みな連係で『黒鰐《ニーゲラ》』と『森河馬《ハイポータ》』から距離をとっていた。

敵の攻撃で『黒鰐《ニーゲラ》』と『森河馬《ハイポータ》』の陣形が崩れていく。

マシニッサは細かい指示を繰り返して、戦線が崩壊する前にこれを立て直した。

敵軍の挑発をやり過ごしながらその時を待つ。

マシニッサは戦場を知っていた。それ以上に、この島を、この地をよく知っていた。

たとえばこの時期、この場所、この天候、この雲の様子であれば……。

天を仰ぎ、雲の様子を確認する。左手で麻布の一片を掲げ、風向きをみる。

「頃合いだな」

マシニッサは戦場の中央で姿をさらし続けるネリーを睨み、そばのスフォニスべに合図を送る。

「いよいよ、なのね」

「ついて来られるか」

「もちろん。昔はよくやったものでしょう?」

スフォニスべが腹に手を当てる。鏃が黒い矢を腹から引き抜いた。馬を寄せ、マシニッサに矢を手渡してくる。マシニッサは矢を受けとり、弓につがえた。

「これより敵軍に突入する！　俺に続け！」

先頭に立って、馬を走らせた。すぐ後ろにスフォニスべの馬が従う。魔弾の神子と弓巫女に置いていかれてなるものかと、精鋭たちが続いた。

いっけん、無謀な突撃である。案の定、敵の弓が一斉にマシニッサに狙いをつけた。

だがその矢が放たれる直前、戦場を強い風が吹き抜けた。

思わず馬の足が緩むような、強烈な風であった。『赤獅子《ルベリア》』と『剣歯虎《サベイリ》』の放った矢があらぬ方向に逸《そ》れる。

その直後、今度は灰色の煙が戦場を襲った。

「な、なんだこれは！」

「風上だ！　『黒鰐《ニーゲラ》』と『森河馬《ハイポータ》』の騎兵が風上にまわって、強い風が吹く直前に煙を焚いたのだ！」

聡い者が看破《かんぱ》した通り、ここまで含めてマシニッサの一連の策であった。わずかな間ではあるが灰色の煙は戦場を覆い尽くし、射手の命である目を奪う。この隙に、マシニッサたちは敵軍との距離を詰める。

まだ若く弓の腕も未熟なころ、風読みのマシニッサ、というふたつ名で呼ばれていた時代の必勝の作戦であった。若きスフォニスベは、これにつき合わされてなんども死線を潜り抜け、その度にさんざん文句を言われたものである。

長ずるにつれて、無謀な突撃など必要がなくなった。今となっては、この策を知る者も少ない。

だが今こそ、風読みのマシニッサが復活する時であった。魔弾の神子ネリーは、これまで彼が戦ったどの魔弾の神子よりも手ごわい。故にマシニッサとスフォニスベは、若い頃のように灰色の煙に包まれた戦場を駆け抜ける。

煙が、晴れた。

およそ二十アルシン（約二十メートル）先に、ネリーの乗る馬がみえた。

マシニッサは狙いを定めて矢を放つ。ネリーもまた、次の瞬間、弓につがえていた黄色い鏃の矢を放っていた。矢と矢が衝突する。もし相手が通常の矢であれば、『黒鰐《ニーゲラ》』の矢が相手の矢を貫き、そのままネリーの身体を串刺しにしただろう。

しかしネリーが放ったのは『剣歯虎《サベイリ》』の矢であった。弓巫女の矢同士が衝突した結果、互いの鏃が砕け散る。互いの矢は、黒と黄の光の粒となって空気に溶けた。

「いい腕をしている」

ネリーが笑う。

「次の矢を構えるがいい」

ネリーが腹からもう一本、黄色い矢をとり出す。マシニッサはすぐそばのスフォニスベをみた。彼女が腹から矢を抜く様子をみて、手を伸ばす。ネリーはご丁寧にも、マシニッサが矢をつがえるのを待ってくれた。両者、馬上ですれ違う。

ふたたび、同時に矢を放った。

馬上で身をかがめてマシニッサが放った『黒鰐《ニーゲラ》』の矢は、ネリーの馬の頭を射貫き、そのままの勢いで煙の彼方に消えていった。ネリーが放った『剣歯虎《サベイリ》』の矢はマシニッサの馬の胴に突き刺さった。馬は上下まっぷたつに引き裂かれる。

マシニッサとネリーは、ともに馬上から放り出された。

その後の両者の対応が明暗を分けた。

マシニッサの身体が地面に叩きつけられたとき、彼はみる。ネリーの身体が宙に浮いていた。彼女の弓が不気味な赤黒い光を放っている。ネリーは空中で三本目の黄色い矢をその弓につがえると、マシニッサに向けて放った。

マシニッサの胴に『剣歯虎《サベィリ》』の矢が突き刺さる。『切断』の力を持つ矢によって、その身が切断された。

マシニッサが最後にみたのは、突如として煙のなかから現れた『森河馬《ハイポータ》』の魔弾の神子がスフォニスベの身体を馬から攫《さら》い、己の馬に乗せて去る光景だった。

戦の前、万一のときのことを彼に頼んだ。よかった、と安堵する。

去っていく馬の上から、スフォニスベがマシニッサを振り返る。煙のなかに消える寸前、彼女の目から涙の雫がこぼれるのをみた。

悪い人生ではなかった。

それを最後の思考として、マシニッサの意識は途絶えた。

†

その後。

マシニッサを失った『黒鰐《ニーゲラ》』と『森河馬《ハイポータ》』は『森河馬《ハイポータ》』の若き魔弾の神子を中心として立て直しを図るも、ネリーによって『森河馬《ハイポータ》』の魔弾の神子まで討ちとられ、総崩れとなった。

『黒鰐《ニーゲラ》』と『森河馬《ハイポータ》』の弓巫女たちを逃がすため、少数が決死隊となって残った。

残る者たちは戦場に背を向け、東に向かって逃走を開始した。

†

逃走する『黒鰐《ニーゲラ》』と『森河馬《ハイポータ》』の騎兵が西から接近してきたとき、ボスタルは来るべきときが来たことを理解した。同じ部族の、見知った顔がある。男は腕を負傷し血を流し、それでも懸命に手綱を握っていた。

彼らの背後から、『赤獅子《ルベリア》』と『剣歯虎《サベイリ》』の部隊が迫ってくる。残党狩りの敵部隊は、その数およそ一千騎といったところだ。

心は不思議と落ち着いていた。弓を握った右手を振り上げる。馬の足を次第に速めていく。

「無理をする必要はないわ。ひと当てして、相手がひるんだところを引きましょう」

横に並んだソフィーが小声で言った。ボスタルはうなずく。

距離を詰める『黒鰐《ニーゲラ》』の男が、ボスタルの顔をみて驚いていた。ボスタルはおおきく、ちから強くうなずいてみせる。

「俺たちは援軍だ！　おまえたちは東に抜けろ！」

「ボスタル殿、お父上と兄上たちは……」

「わかっている！　俺は父の残した命に従っている！」

半分は本当で、半分は嘘だ。父がどうなったのかは理性で理解しているが、心はそうではなかった。マシニッサはボスタルをティグルたちのもとへ残すことで万一の備えとしたが、援軍を指揮しろなどとは言っていなかった。

だが、マシニッサの遺志であるとした方が混乱は少ない。ティグルからも、この五百騎は必要に応じて利用してくれ、としか聞いていない。副官を他国人のソフィーとしたのも、あえて既存の命令系統に従わない部隊としての性質を強くしたかったからだろう。

「心配しなくても、ボスタル殿、あなたはわたくしが守るわ」

「ありがとう、ソフィー殿」

この数日で、彼女とはすっかり打ち解《う と》けていた。愛称で呼んで欲しい、とも言われている。共に水浴びしようと言われたときには、さすがに断った。まだ子どもだ、と言われれば否定のしようはないのだが。

逃走する部隊とすれ違い、前に出る。

敵軍は、意外な殿軍の出現にいささか慌てている様子であった。まだ距離が離れているというのに、散発的に矢が飛んでくる。

「こんな距離で当てられるのはティグルヴルムド卿くらいですね」

「そうね。ティグルが相手なら、油断はできないわね」

ソフィーが気楽に笑った。おかげで、ボスタルも初陣の興奮が冷めてくる。

「もっと引きつけて、射る」

振り返り、自分の馬を追ってくる『天鷲《アクイラ》』と『一角犀《リノケイア》』の弓騎兵に告げる。この数日で、ボスタルは彼らに、「あの白肌の娘に馬の気持ちを習った、たいした度胸のガキ」程度には認められていた。

「妖精の猫を相手にも物怖じしないんだ。初陣くらい、なんてことないさ」

そんなことを言われて肩を乱暴に叩かれたことも、いちどや二度ではない。彼らなりの好意であった。信頼であった。それに報いなければならない。

「タイミングは、ソフィー、お願いします」

「任されたわ、ボスタル」

馬が加速する。敵味方の距離が、みるみる縮まった。ボスタルも弓に矢をつがえる。

「もっと引きつけて」

先に、敵の矢が飛んできた。これもまたおおきく外れる。まだ早い。ところが、運悪く、一本の矢がボスタルめがけてまっすぐ飛んだ。

ソフィーが素早く自分の馬で飛び出し、錫杖を掲げる。

「我が前に集え煌めく波濤《ファルヴァルナ》よ」

透明な結界が飛んでくる矢を弾き飛ばした。あらかじめ錫杖の力を聞いていた自軍は冷静だったが、敵軍から驚きの声があがる。つかの間、矢の飛来が止まった。

この隙に、ボスタルたちは敵との距離を一気に詰める。

「今」

「射よ！」

叫ぶと同時に、ボスタルは自らも弓弦から手を離した。五百と一本の矢が一斉に宙を切り裂き、敵の馬めがけて飛ぶ。そのうちの幾本かが馬を、そこに騎乗する人を射貫いた。数頭が転倒し、脱落する。残りはいささかひるんだ様子で、衝突を回避するべく手綱を引いた。

互いに距離をとって、なんどか矢を射交わす。馬で駆けながらの射撃だ、滅多に当たるものではない。ボスタルたちとしては、それでよかった。敵の追っ手を牽制できれば充分なのである。

やがて敵軍は、忌ま忌ましそうにボスタルたちを睨んだあと、馬首を返した。整然と距離をとっていく。

「ボスタル、追おうか？」

「いや、これで構いません。俺たちも撤退しましょう！」

　ボスタルはためらわず、訊ねてきた兵に返事をした。兵は「冷静だな。将の器だ」と笑う。試されたのだと気づいた。安堵して、おおきく息を吐く。

　今ごろになって、手が震えてきた。弓をとり落とす。慌てて馬を止め、下りようとしたところで、先にソフィーが下馬してボスタルの弓を拾った。

「将はみだりに馬を下りるものではないわ。そういうのは、部下にやらせるの」

「次から、そうする」

　弓を受けとりながら、ボスタルはぶっきらぼうに返事をした。

　その後も逃げる騎兵を助けてまわり、最終的にボスタルたちが回収できた『黒鰐《ニーゲラ》』と『森河馬《ハイポータ》』の騎兵は三千人以上に達した。それ以外にも散り散りとなって逃げ延びた者がいるはずである。彼らの多くは大宿営地に集まって、部族全体の撤退を助けた。

　幸いにして、『黒鰐《ニーゲラ》』の弓巫女スフォニスベは無事であった。彼女は両部族の迅速な東方への移動を主導した。『赤獅子《ルベリア》』と『剣歯虎《サベイリ》』の部隊が『黒鰐《ニーゲラ》』の大宿営地に辿り着いてみれば、そこはすでにもぬけの殻であった。

　ボスタルは『黒鰐《ニーゲラ》』と『森河馬《ハイポータ》』の残存部隊をまとめあげ、『天鷲《アクイラ》』と『一角犀《リノケイア》』の部隊と共に大宿営地の移動を支援した。

†

『森河馬《ハイポータ》』の弓巫女タニータは十九歳で、争いが苦手で引っ込み思案なことでは部族でも有名な女であった。夫は『砂蠍《アルピラ》』との戦で失っているが、彼との間にふたりの子を産んでいる。

タニータはその身に矢を宿したとき、どうすればこの矢を他者へ譲ることができるか、慌てふためいて周囲の者たちに訪ね歩いた。

彼女の不安を受け止めてくれたのが、当時の『森河馬《ハイポータ》』の魔弾の神子であった。タニータの幼馴染みで、ふたつ年上の彼とは、ほどなくして恋仲となった。

カル＝ハダシュトの都で、その彼を失った。

次に魔弾の神子となったのは、彼の弟だった。その人物と共に、復讐に駆られ、『砂蠍《アルピラ》』と戦った。

その弟も、ネリーに討ちとられた。

タニータはまたも心の拠り所を失った。だがあいにくと、彼女の心が落ち着くことを待つ余裕など、大敗して撤退中の部族にはなかった。

崩れかけたタニータの心を救ったのはソフィーとボスタルだった。

「父は生前、言っていた。男には戦いを選ぶ自由がある。だが弓巫女となった女は、否応《いやおう》なく戦いを強いられる。この国の、この部分だけはおかしい、と」

「そうね。これは我が国の秘密なのだけれど、わたくしもある日突然、この武器に選ばれて戦姫になったの。幸い、わたくしは村を出て、広い世界をみてみたかった。今の己の境遇を理不尽と思ったことはないわ。でも、誰もがそうではない」

彼らに寄り添われて、タニータは次第に、己の役目を受け入れていった。

彼女に必要なのは、対等に話を聞いてくれる相手であったのだろう。新たな魔弾の神子は選ばれておらず、『黒鰐《ニーゲラ》』の弓巫女であるスフォニスベはひどく多忙であった。

『黒鰐《ニーゲラ》』の魔弾の神子も未だ定まっていないのである。

魔弾の神子となれば、否応なくネリーと矢を交わすこととなろう。その名を国の外までも轟かせていた射手であるマシニッサは敗れた。彼に代わる弓の持ち手などいない。誰もがそう実感していた。

「あれを相手にできる者は、ひとりしか思い浮かばない」

誰もがそう考えている。その名は、言わずとも知れていた。

無論、戦場で合わせて数万の軍勢が向かい合えば、射手ひとりの力などたかが知れている。たとえ特別な弓を、特別な矢を持っているとしても、である。たとえ五十人、百人を倒して局地的な有利はとれても、膨大な数の力に飲み込まれてしまう。

それでも、七部族の戦においては、部族の頂点と頂点による一騎討ちというのがおおきな意味を持つのであった。

必然、次を見据えて動くなら、誰を神輿《みこし》と担ぐか定まってくる。

「『黒鰐《ニーゲラ》』と『森河馬《ハイポータ》』は、『天鷲《アクイラ》』と『一角犀《リノケイア》』の助力にたいへん感謝しております」

ボスタルとソフィーを呼び出し、スフォニスベは言う。

「ティグルヴルムド卿は、ここまで読んでいたのですか」

「いいえ。読んでいたとしたら、それは父でしょう。己が死んだ場合のことを俺に託したのは父なのですから」

「そう、マシニッサ、あの馬鹿たれときたら」

スフォニスベは笑って、ボスタルの頭を撫でた。ボスタルにとっては、生みの母よりも母らしい相手である。黙って撫でられるうち、目から涙の雫がこぼれ落ちた。

「父は立派でしたか」

「ええ、ええ、もちろんですとも。でも、あんなろくでなしも滅多にいなかったわ」

「そこは真似しないように努力します」

スフォニスベはひとつ、おおきなため息をついた。

「生き残った者は、死んだ者のぶんも背負っていかなきゃいけないの。それが部族というものよ。でも、生きているのはあなただけじゃない。部族の皆がいる。気負わないことが、上手くやるコツよ」

それはボスタルに言っているようで、彼女が彼女自身に言い聞かせているようだ、と少年は思った。彼女がここまで心中を吐露《とろ》するのも珍しい。それだけ、マシニッサの死は彼女にとっておおきかったのだろう。半身を失ったようなものだ。

「ソフィー殿」

スフォニスベはボスタルのそばに立つ白肌の女をみた。

「『天鷲《アクイラ》』と『一角犀《リノケイア》』に戻って、ティグルヴルムド卿に、あのひとの最期を伝えていただけますか」

「最期を？」

「ええ、ネリーとあのひとの戦いの様子を。ティグルヴルムド卿なら、きっとそれを次に生かせるはずですから」

第4話　夜が来たる

エリッサが都から『天鷲《アクイラ》』に帰還した。

彼女が最初にやったことは、出迎えたティグルとリム、そして大宿営地の皆の前で、サンディをぎゅっと抱きしめることであった。

「サンディ。ティグルさんと先生の子どもなら、私の妹も同然です。お姉ちゃんと呼んでくださいね」

「はい、エリッサ、わかりました！」

「エリッサお姉ちゃん、です」

サンディはきょとんとして、エリッサをみつめる。

「エリッサはお姉ちゃんではありませんよ」

「疑似的な家族関係を望むことで、ティグルさんと先生に媚びを売る作戦です。いい子ですから協力してください。ほら、エリッサお姉ちゃん、です」

サンディが、後ろのティグルとリムを振り仰ぐ。ふたりは同時に、肩をすくめてみせた。

ティグルの頭の上に乗った黒猫が、かわいらしく鳴いた。

「テトが、言ってます。さぎしのてぐち、ってなんですか」

「私は詐欺師ではありませんよ。妖精の猫と私と、どっちを信じるんですか？」

「テト、です！」

えっへんと胸を張るサンディ。猫に負けたと悔しがるエリッサ。そんなふたりをみて、大宿営地の人々はあっけにとられていた。

もとより、サンディに隔意のある者はさして多くない。それでも無視できない数はいた。彼らは単純に、妖精を、妖精に近しい者を恐れていたのである。マゴー老のように分別をもって妖精と関わり合う者だけが例外であると。

だがその人々も、弓巫女《アルディア》ディドーがサンディとためらいなく触れ合う様子をみて、おおよそ安堵した様子であった。『天鷲《アクイラ》』は完全にサンディを受け入れたのである。


弓巫女のために用意された大天幕で、エリッサは周囲のそんな様子をティグルとリムに語り、「道化になった甲斐があったというものです」と笑う。

「どこまでがわざとで、どこからが本気でしたか？」

リムが訊ねた。

「私の行動はすべて、相手に与える印象まで考慮した、熟考の末のものですよ？」

「寝言はたいがいにしてください」

幼少期からエリッサを知る彼女だけに、いささかも迷いなく否定してみせる。

「そんなに姉と呼ばれたいのですか、あなたは」

「呼ばれたいですね！　あの子にお姉ちゃんお姉ちゃんと呼ばれて、めちゃくちゃ甘えて欲しいです！」

　エリッサは自信満々に胸を張った。リムはそっと額に手を当てて呻き声をあげる。

「それはさておき、先生、ティグルさん。現在の状況はおおむね報告を受けています。戦争のことはさっぱりわかりませんが、商家から多少の兵を融通して貰いました。およそ二千人です。暇をしている海軍の兵ですから陸ではあまり役に立たないかもしれませんが、雇用を続けている傭兵二千人と合わせて、四千人の男手です。できることも増えるでしょう」

「助かりますね。隙あらば無法を働こうとする小部族への抑えとして使いましょう。頭を撫でてあげましょうか、エリッサお姉ちゃん」

「そういうのは、ちょっと……」

　エリッサはリムの伸ばした手を避けて下がった。

「どうせならサンディに頭を撫でて欲しいです」

「よくわかりませんが、あなたがへんなことを言っているのはわかります。あまり娘に近寄らないでください」

「ひどいです、先生。私、都であんなに頑張ってきたのに」

「あなたが都で頑張ることと、私が娘にあらぬことを吹き込む者を排除することは矛盾しません」

どうやら娘に関することになると譲歩は引き出せぬと悟ったエリッサは話題を変えることにした。

「都の方は応急処置です。いずれ、食料不足で深刻な問題が表面化するでしょう」

「エリッサ、君はどのくらい保つと思う?」

ティグルが訊ねる。エリッサは彼の方を向いた。

「少なく見積もって、あと二十日。神殿の方々と商家の方々が仲違いせず頑張ってくれれば、さらに十日ほど足せるでしょう。そのあとは、間違いなく暴動が発生しますね。短期間で数十万人単位の死者が出ます。それがこの国に及ぼす被害は、目も当てられないものとなるでしょう」

数十万人。衝撃的な数字に、ティグルもリムも押し黙った。もう少し余裕があると思っていたのだ。

「なんとかならないのですか」

「いくら先生のお願いでも、これればかりはなりません。私が都に赴いて統制しなければ、とっくにそれだけの死者が出ていましたよ。飢えた民は海岸沿いに、それから草原に溢れて、森を襲ったことでしょう。そうなったら妖精たちが黙っているとも思えません。結果的に、部族民にも被害が及んだと思います」

「たしかに、この地の森は依然として豊かな食料の供給源だ。飢えた者がなりふり構わず動くなら、森を切り開くのが手っ取り早い」

「都市部の人たちは、部族民ほど妖精を恐れていませんからね。単に知らないというだけですけど」

外から来たエリッサやティグルたちも、そのあたりはよくわかっている。

この地の草原で暮らす民は、妖精の領分を侵さぬよう、たいへんな注意を払って生きているのであった。そのおかげで、この島には未だ豊かな森が無数に存在している。妖精たちは、比較的、人の近くで生息している。

お互いを友と呼ぶ者も、少数の変わり種ではあるが、存在する。そういう者を部族が許容している。北大陸《ネステール》ではあまりみられぬ光景である。

都の人々が草原に溢れるなら、その不文律はたちまち消え去るだろう。結果、ろくでもないことが起きることだけは確実であった。

「そうなる前に決着をつける必要がある、ということだな」

なにとの決着か、とは今更言うまでもない。

弓の王を名乗る者。ネリー。そう呼ばれる存在が起こした一連の事件を片づけるのだ。

「幸いにして、ネリーは姿を現しました。一軍を率いる立場に戻った以上、みだりに雲隠れすることはないでしょう。もっともそれは、彼女がもう隠れる必要がなくなったということ、彼女にとってすべての準備が整ったということでもあります」

「なんの準備なんだろう」

「そこまでは、私にはわかりません。ただ、次の一手ですべてを決めに来るとは思います」

「『赤獅子《ルベリア》』と『剣歯虎《サベイリ》』は、『黒鰐《ニーゲラ》』と『森河馬《ハイポータ》』を破ったあと、東に進軍を開始した。この軍勢を叩けば、彼女の計画を瓦解させることができるはずだ」

「でしょうね。わざわざ不自由な立場に戻ったのです。そこには必ず、意味があるはず」

エリッサは、しかし、と考える。

「話を聞くに、ネリーはわざわざマシニッサを煽って、戦いを挑むよう仕向けたように思えます。なんでそんなことをしたんでしょうか。軍のことはわからない私ですが、いささか不可解に思えます」

「たしかに、まるで『黒鰐《ニーゲラ》』と『森河馬《ハイポータ》』を『天鷲《アクイラ》』と『一角犀《リノケイア》』に合流させようとしているみたいだな」

次の決戦、徹底的に叩き潰された『砂蠍《アルピラ》』以外の六つの部族がすべて一堂に会する場となるだろう。

「七部族の歴史のなかで、これだけの大決戦があったでしょうか。ちょっと調べてみたくなりますね」

「口伝《くでん》で残っていないのか」

「口伝なんて、五十年、百年も経てば跡形もなく変わってしまうものですからねえ。ましてや各部族、自分のところに都合のいい情報を公式のものとして伝えるものです。ジスタートやアスヴァールもそうでしょう?」

エリッサの言葉に、アスヴァールの過去について少しばかり触れたことのあるティグルとリムは無言で顔を見合わせた。

たしかに、今に生きる人々が真実の過去を知らなくてもたいていの場合は問題がないし、それが市井《しせい》の民であれば自分たちにとって聞き心地のいい情報の池に浸かっていた方がいいのだろう。

「例によって神殿に訊ねてみてもいいんですけど、たぶん回答が来る前に決戦が始まっちゃうんですよね」

エリッサの帰還をもって、『天鷲《アクイラ》』と『一角犀《リノケイア》』は西への移動を開始する。東へ逃げている『黒鰐《ニーゲラ》』と『森河馬《ハイポータ》』に合流し、軍を再編制、全軍をもって『赤獅子《ルベリア》』及び『剣歯虎《サベイリ》』に決戦を挑む。組まれたスケジュールに猶予《ゆうよ》はあまりない。

「エリッサ、念のため神殿に確認をとってみてください。決戦まで、順調に行って十五日というところです。早馬《はやうま》が間に合う可能性は充分にあります」

「わかりました。打てる手はすべて打ちましょう」

実際のところ、過去の大戦《おおいくさ》について調べても、なにも得るものはないかもしれない。だからといって、勝利の可能性をわずかでも上げるものが発見できるかもしれない以上、やらない理由はないのだった。

「周辺の小部族の動向については、どうなっていますか」

「協力的な部族も多いが、あえて今回は、俺たちから離れて貰うことになっている」

「ああ、単純に邪魔ですからね。四部族が揃えば、馬と羊だけでもたいへんな量になってしまいます。草原の草を食べつくさないよう、普段は各部族が離れたところで宿営地をつくっているというのに」

この島の草原がどれだけの人と馬と羊をまかなえるのか、部族民は経験で理解している。だからこそ、彼らはひとところに留まらず、宿営地を移動しながら一生を暮らすのだ。

今回、ティグルたちはその原則を無視しなければならない。

局所的には食料の不均衡が生じることを避けられないだろう。周辺の小部族に理解を求めるのは、面倒事を避けるためにも不可避であったとエリッサに説明する。

「わかりました。調整、たいへんだったと思います。本当にお疲れさまでした。いっそ私がティグルさんの頭を撫でてあげましょうか」

「遠慮するよ。ただ、すべての小部族を説得できたわけじゃない。喧嘩腰になっている小部族もいくつかある。サンディのことについても、忌避感を訴えている部族がある」

「そのあたりは、ではお手数ですが資料をまとめてください。こちらで対処できるなら、対処してみます。駄目なら、無視ですね。嫌がらせをするにしても限度があるでしょうし、今は時が貴重です。最悪、脅して追い払いましょう」

「商人にしては珍しい選択ですね、エリッサ」

「商人だって時には武力を誇示しますよ。その方が効率的で、面倒がないときは。あるいは時間でお金を稼げるときは」ネリーとオルガと旅した時を思い出しますね」

　エリッサは皮肉げに口の端をつり上げた。

「そもそも、使える手段は全部使うのが本当の商人というものです。先生はまだまだ商人の道の入り口にしか達していませんね。精進してください」

「都で一丁前に働いて、ずいぶんおおきな口を叩くようになりましたね。地方の村や町に派遣された代官が好き勝手をして、悪い手癖を覚えて中央に帰ってくる様子を思い出します」

「ああ、そういうの本当に覚えがありますよね。おかげで私、危うくジョジーを失うところでしたもの。先生とティグルさんには、あのときの後始末、お世話になりました」

　ティグルは苦笑いした。リムの皮肉に対して、エリッサは「中央から送り込まれた者の不手際でひどい目に遭ったことがあるぞ」と公主代理のリムにちくりとひと刺ししたのである。ちなみに、その後始末で辺境を駆けまわったのはティグルであった。

　懐《なつ》かしい、ジスタートでの話だ。北大陸。今や荒れた海で遠く隔てられた彼方の土地。

　だがその地こそが、リムとエリッサの故郷であった。ティグルにとっても、故郷のアルサスに次ぐ第二の故郷ともいうべき土地である。

　こんな遠い南国の島での争いなどさっさと終わらせて、待ち望んだ帰還を果たさなければならない。もちろん、思いがけず生まれてしまった不思議な娘も連れて、である。

「エリッサの見解は理解した。長老方の繋がりを利用して、いくらかは対処できると思う。それでも駄目なときは、強引な手段も考えよう」

　あまりちんたらしていては、都がたいへんなことになる。

　戦いに勝利しても、それ以上の民が飢え、森が荒らされ、妖精と人の関係が悪化するという事態は、ティグルの望むところではなかった。より多くの人々を救うためなら、多少の強引さは許容せざるを得ないだろう。

「ティグルさんからみて、嫌がらせをしてきそうな小部族はいくつくらいですか」

「ふたつ……いや、三つかな。どれも、『天鷲《アクイラ》』か『一角犀《リノケイア》』にちょっと怨恨《えんこん》を抱えているらしい」

「では、そのあたりの事情に詳しい人を呼んでください。個別に対応を考えましょう。明日から大宿営地の移動を始めますので、その作業と並行して、となりますが……」

「慌ただしいが、仕方がないな」

「本音を言えば、ぜんぶナラウアスとガーラに任せたいんですけどねえ」

　そうもいかないだろうな、とティグルは思う。ふたりとも、部族の内部で統制をとることはできるが、そこが限界の者たちだ。外との交渉、駆け引き、情勢を読む能力、部族に新しい風をとり入れること、そういったものに向き合うにはいささか荷が重い。

ことに今は、前例のないことばかりが起きているのだから。

「仕方がありません。私の弓巫女人生、あと少しだけ、頑張ってみるとしましょう」

エリッサは両の頬をぱしっと叩いて気合いを入れた。

さて、この「あと少し」はどれほどの期間になることやら。ティグルは内心でそう思いつつも、口には出さなかった。

†

それから七日後、東から西に向かった『天鷲《アクイラ》』と『一角犀《リノケイア》』は西から逃げてきた『黒鰐《ニーゲラ》』及び『森河馬《ハイポータ》』と合流を果たした。

兵力は、弓騎兵だけ数えて『天鷲《アクイラ》』及び『一角犀《リノケイア》』が約七千五百騎。『黒鰐《ニーゲラ》』及び『森河馬《ハイポータ》』が約一万騎。ただし『黒鰐《ニーゲラ》』と『森河馬《ハイポータ》』は激戦を潜り抜けて負傷した兵が多く、実働はせいぜい五千がいいところ、とのことであった。

それとは別に、以前から弓巫女ディドーが雇用している徒歩の傭兵が二千人、先日商家から連れてきた兵が二千人。合わせて歩兵四千人である。

想定される『赤獅子《ルベリア》』と『剣歯虎《サベイリ》』の軍勢は、これまでの戦いでいささか目減りしているとしても一万三千から四千というところである。

「数だけならこちらが上、ただし主力の弓騎兵の数では敵が上だな」

各部族の弓巫女が一堂に会した大天幕で、ティグルは簡単に状況をまとめた。この四部族で、現在、魔弾の神子《デウリア》となっているのはティグルひとりだ。ほかの部族からは代理として戦士長が参加していた。

絨毯の上に、七人がぐるりと円になって座り、香を焚いて茶を飲む。部族会議の正式なしきたりであった。本来は加えて魔弾の神子同士が酒を酌み交わすのだが、この儀式は省略された。

「まず、ひとつ提案がございます」

『黒鰐《ニーゲラ》』の弓巫女であるスフォニスベが近くに座る『森河馬《ハイポータ》』の弓巫女タニータとうなずきを交わして発言する。

「ティグルヴルムド卿には、『黒鰐《ニーゲラ》』と『森河馬《ハイポータ》』の魔弾の神子となって頂きたい。この件については、『森河馬《ハイポータ》』からも承諾を得ております」

ティグルは少し驚いたあと、左右に座るエリッサとリムを交互にみた。ふたりともうなずき合っている。動揺はいささかもない。

「もうこうなると、ティグルさん以外にネリーと戦える射手はいない、ということですよね」

『天鷲《アクイラ》』の弓巫女ディドーことエリッサが言った。身も蓋もない言葉だが、会議に参加した戦士長たちもうなずいている。彼らには、先ほどティグルの弓の腕前をみせたばかりであった。かくのごとく自在に弓矢を操る者ならば、としきりに感嘆していたのは、そういうことだったのだろう。

「四部族の魔弾の神子を兼任するというのは前例がないことですが、そもそも敵の魔弾の神子もネリーひとり、問題はないでしょう」

スフォニスベがそう告げれば、リムもさもありなんと首肯する。

「いざ決戦に際して、指揮系統を統一するという意味もありますね」

「ただでさえ、誇り高い四つの部族が集まっているのです。どちらの立場が上かで角を突き合わせている余裕など、我々にはありません」

ティグルは少し考えたすえ、一同を順にみつめた。誰の目にも強い決意の光が宿っている。

「わかりました、では一時的に『黒鰐《ニーゲラ》』と『森河馬《ハイポータ》』の魔弾の神子、お受けいたします。これより俺、ティグルヴルムド＝ヴォルンは『天鷲《アクイラ》』、『一角犀《リノケイア》』、『黒鰐《ニーゲラ》』、『森河馬《ハイポータ》』の魔弾の神子です。この四部族で優劣はつけませんが、必要に応じて部族間の対立を調停することもあるでしょう。その節は、よろしくお願いいたします」

胸を張って、そう告げた。弓巫女たちが軽くうなずき、戦士長たちが頭を下げる。

「ではこれにて、めでたく我らが新しき魔弾の神子が誕生いたしました。就任の儀式は省略いたしましょう」

スフォニスベが、ぱん、と両手を合わせた。

「合流したとは言っても、各々の大宿営地の場所は半日ほど離れております。これ以上近づくと、羊の食べる草や狩りの獲物、水の配分などで問題が出てくることでしょう。魔弾の神子殿、この件についてご意見がおありか」

「都の人々であれば狭い土地を分け合って暮らすことも可能だろうが、七部族の方々にそれを強いるのは難しい。俺としては、決戦の直前まで、今のままでいいと思う。ただし兵の調練は必要だ。動ける者を一ヶ所に集めて、少しでも訓練を行いたい。その間の各部族への護衛は、傭兵と商家の兵に頼むことになるだろう」

「かしこまりました。『黒鰐《ニーゲラ》』はそれで問題ございません」

「『森河馬《ハイポータ》』も問題ございません」

スフォニスベとタニータは、即座にティグルの提案を受け入れた。ここで物言いが入ったらどうしようと思っていただけに、内心、ひとつ安堵する。前準備もなしに万の騎兵を指揮することなど、考えたくもなかった。

「後ほど詳しいことを話し合う必要があるが、協力を申し出てくる小部族については、基本的には断って欲しい。これは『天鷲《アクイラ》』と『一角犀《リノケイア》』でも徹底している」

「間諜対策でございますね」

「ああ。そこまでの嫌らしい手を打ってくるかはわからないが、念のためだ」

これはリムとエリッサと相談して、事前にとり決めていたことである。ティグルは天の御柱への遠征の際、『砂蠍《アルピラ》』にしつこくつけ狙われ、時に小部族を使った策を仕掛けられたことを忘れていない。こんどの戦いは『砂蠍《アルピラ》』が敵ではないとはいえ、用心するにこしたことはない。

「そういえば、『砂蠍《アルピラ》』は今、どうしているんだろう。島の奥の方に逃げて、そのままなんだろうか」

ふと、口に出した。

タニータが怒りに燃えた目で「奴らはもはや死に体です。戦える戦士はほとんどおらず、再起も難しいでしょう。本来ならば、この手で最後のひとりまでくびり殺したかった」と告げる。

スフォニスベが、そんな彼女の膝にそっと片手を置いた。タニータは、はっとわれに返る。

「申し訳ございません、つい、われを忘れました」

「いや、いい」

『森河馬《ハイポータ》』の魔弾の神子が『砂蠍《アルピラ》』の暗殺者の毒矢を受けて斃《たお》れたとき、ティグルはそのすぐ近くにいた。この弓巫女がひどくとり乱した様子もみている。ふたりが男女の関係にあった、というのも後に聞いた。

それが戦である、と言えばそれまでだ。ティグルだって、これまで多くの者を殺してきた。彼らにも恋人が、家族がいただろう。しかし、それだけで割り切ることができない想いがあるというのも理解している。

怒りを忘れろ、と言うだけで争いが治まるなら、人が人を統治するのはもっとずっと楽になるだろう。

「『砂蠍《アルピラ》』の情報も、もし集められるなら集めてくれ。少し気になることがある」

結局、そう言うだけに止めておく。

†

エリッサの『天鷲《アクイラ》』帰還から十二日、四部族の合流から五日が経過した。

ティグルとリム、ソフィーによる主力の調練は順調に進み、最低限の連係はできそうな具合である。激しく争っていた『天鷲《アクイラ》』と『一角犀《リノケイア》』はもちろん、『黒鰐《ニーゲラ》』と『森河馬《ハイポータ》』も『砂蠍《アルピラ》』との大規模な戦いを経験している。古参兵の練度は高かった。

そういった歴戦の兵の下に若手をつけることで、十騎、百騎単位での一体となった運動が可能となっている。もっともそれは、周囲の状況を確認しやすい戦の初期に限ってのこと。実際に戦いが始まってしまえば、その大部分は個々の判断で動いてもらうことになるだろう。

夕刻、都の神殿からの使者が弓巫女ディドーのもとを訪れた。たくましい身体つきの神官ハミルカルである。彼は一通の書状を携えていた。ティグル、リム、エリッサの三人は、さっそく大天幕で彼に対応する。

「先日の問い合わせについて、回答を持参いたしました」

と差し出してくる羊皮紙の束をエリッサは受けとり、その場でざっと流し読みした。

「なるほど、三百年前、七部族がすべて集結した戦場があった、と。二対二対三のみつどもえの争いだったようですが、すべての部族が集結した戦いが発生したそうです」

彼女のそばにいたティグルとリムはうなずきあった。ティグルが続きを促す。

「その結果についてはわかっておりません。あくまで都からずっと離れた、島の中央付近での戦いだったそうなので。ただ、そのとき空は闇に覆われ、三日三晩、昼は訪れなかった、とあります。加えて、妖精が草原で踊る光景を複数の者が目撃した、とも」

「三日間、昼が訪れなかった、妖精が草原で踊った、ですか。気になる記述ですね」

「夢を思い出しますよね、先生」

エリッサの言う通り、露骨なまでの夢との類似点だ。果たして、三百年前に実際に起こった出来事とはなんなのか。

いつの間にか天幕に入ってきていたテトが、ちいさく鳴いた。

「ティグル、彼女はなんと言っていますか」

「妖精が夜に草原で踊るとすれば、草原が心地よかったからだ、ってさ」

「心地よい、ですか。前提として、妖精がふだん夜の森のなかで踊るのは、夜の森のなかが心地よいから、なのでしょうか」

またテトが鳴いた。

「その通りだ、ってさ」

実際には愚鈍《ぐどん》な下僕に対する愚痴《ぐち》がつけ加わっていたが、ティグルはあえてその部分を無視して通訳する。いさかいの種を無駄にばらまく必要はない。

「とても貴重な情報でした。お疲れさまです、ハミルカル。あなたが来たということは、さぞ強行軍だったのでしょう。天幕をひとつ用意しますので、今日はゆっくりとお休みください」

エリッサの言葉に、ハミルカルは「お見通しですか」と苦笑いしていた。神殿でもっとも馬の扱いが上手いのが彼であると、ティグルも以前に聞いている。

彼が天幕を出たあと、ソフィーと他部族の弓巫女たちをすべて呼んで、さきほどの情報を共有した。『黒鰐《ニーゲラ》』の弓巫女スフォニスべも『森河馬《ハイポータ》』の弓巫女タニータも、情報の重要性をいまひとつ理解できない様子で、きょとんとしている。

「たぶんネリーは、この大地に溜まっていた力を利用してティル＝ナ＝ファを降臨させるたくらみ、その論理と同じものを今回も用いようとしているんだと思います」

エリッサが言った。

「申し訳ありませんが、弓巫女ディドー、あなたのおっしゃるその論理、というのをご説明願えますか？　弓巫女ネリーの以前の行動について、私はいまひとつ、理解しきれていないようです」

「はい、弓巫女スフォニスベ。簡単に言うと、見立て、ですね。この地の人々がその名を忘れてしまった神、それはティル＝ナ＝ファである、と宣言することで、この地の神をティル＝ナ＝ファにすり替えて、ティル＝ナ＝ファを降臨させようとしたのです」

「そのようなことが可能だったのですか」

「ティグルさんが妖精の女王に聞いた限りでは、可能だったみたいですね。ですからティグルさんと先生……弓巫女リムアリーシャは、その見立てをまるまる利用して、天の御柱で過去の儀式を再現することで、ネリーが引き出すはずだった力を無駄遣いさせました。結果として生まれたのがサンディです。そこからの一連の出来事については、先日、ご説明した通りです」

「それは、その。見立て、というのは……屁理屈《へりくつ》なのでは？」

タニータがおずおずと訊ねた。ティグルは苦笑いする。

「その通り、屁理屈だ。しかしヒトにとっての屁理屈が、ヒトではないものにとっては筋の通った論理となることもあるみたいなんだ」

「ええ、実際にサンディが生まれた以上、ティグルさんたちの筋道は正しかったということです。感覚的には納得できなくても、そういうものであると得心してください」

「老いたこの身には、まことに納得しがたいことですね……」

スフォニスベの言葉に、タニータがしきりにうなずいている。

無理もない、とティグルも思うのだった。実際に結果が出ている以上、ヒトに寄り添う感覚の方が間違っているのである。

「なにをもって正しいとするかについては、この際、横に置いておくべきです」

はたしてエリッサは、ばっさりとそう、感情から発生する意見を切って捨てる。

「我々は実際に起こったものごとから、次に起こるものごとを推定し、考察し、前進するべきです。なにかをなにかに見立てる、という行為には意味が発生する。これを是としたうえで考察いたしましょう。――私の推論を先に申しますと、これはネリーが三百年前と同じ構図をつくり出そうとしているのだと考えます」

「三百年前と同じ構図……つまりみつどもえの戦い、ですか？」

タニータが小首をかしげた。

「そうかもしれませんが、どちらかというと七部族すべてが戦場に集結する、ということに意味があるんじゃないでしょうか。それって、たぶんですけど、建国の物語を再現した、ということになるんだと思います」

一同がはっとなる。建国の物語、七本の矢、そして、神の降臨だ。すべてが一本の糸に繋がる。エリッサがスフォニスベに向き直った。

「『砂蠍《アルピラ》』の裏にはネリーがいた、とマシニッサは言っていたそうですね」

「ええ、『赤獅子《ルベリア》』に赴き、ネリーとふたりきりで語り合ったと言っておりました。そのとき、彼女はたしかに、そう言ったと」

「であれば、『砂蠍《アルピラ》』の一部が未だネリーの支配下にあってもおかしくはありません。そして一部なりとも次の戦場に連れてくれば、七部族すべてが集結する戦い、という見立てが成り立つ。これをもって、彼女が目指す神の降臨の前提が完成する、というのが私の推測です」

エリッサの言葉に、一同が押し黙る。

ティグルは反論の言葉を探した。この場の全員が、ネリーにいいように操られているというのは気分のいい推論ではない。とはいえ次の戦いまで、もう幾許もなかった。ここに至って決戦を回避するというのは、たとえ四部族の魔弾の神子であっても難しい。

いや、そもそも……。

「エリッサ、ネリーの次の一手がわかったとして、俺たちはどう対策したらいい？」

「この推測は不完全なんです。三百年前に実際に起こった出来事が不明なんですから。でも、ネリーがあんな夢を私たち全員にみせたということは、その再現には意味があるのだと、彼女は考えている。仮に三日三晩、夜が続いたとして、三百年前はそこで終わりだったわけです。彼女が望んでいるのは、その程度のことじゃない。彼女はもっと大それたことをしようとしている。私たちはそう考察していますよね？　だったら、その更に先にもう一段、なにかがあるはずなんです」

エリッサは腕組みして首を横に倒した。

「ひとつ思い当たるところはあるんですけど」

「それは？」

リムの言葉に、エリッサは渋面で返事をした。

「サンディです。夢で彼女があいう感じに描写されたということは、これも見立てのひとつなんじゃないか、って。サンディはティル＝ナ＝ファである。夢はそう言ってます。でたらめを吹き込んで私たちを追い詰めるだけが目的だと思ってましたけど――」

ひとつ息をついて、エリッサは周囲を見渡す。

「――そうじゃないなら。今のネリーの目的は、サンディをティル＝ナ＝ファと見立てて、ティル＝ナ＝ファをこの地に降臨させることじゃないでしょうか」

こんどはエリッサ以外の全員が顔をしかめる番だった。

†

エリッサは今、この時代を生きる者たちのなかでもっともネリーに寄り添える存在だ、とティグルは認識している。弓の王を名乗る者、その謎に満ちた内面にもっとも近づき、限定的ながらもその思考を追うことができる者であると。

そのエリッサが言うのなら、「サンディをティル＝ナ＝ファに見立て、七部族すべてが集結した場で、建国の物語の再現を行い、ティル＝ナ＝ファを降臨させる」という飛躍しすぎた発想にも一定の理があるのではないかと思えてくる。

そもそも、見立て、という概念からして未だティグルには理解しがたいものがあるのだが、そこを飲み込めば、たしかにこれまでのネリーの活動にもひとつの線がみえてくるというものだ。

ティグルとリム、ソフィーは三人きりとなって、ちいさな天幕で今後についての打ち合わせを重ねた。

「サンディが儀式に利用されるというのなら、あの子をその場からなるべく離せばいいのではないかしら。いっそ都に送ってしまうという手もあるわ」

ソフィーが言う。当然、それは最初に考えるべき話であった。とはいえ愛娘を目の届かないところに離すというのは、気持ち的になかなか受け入れがたい。全軍が集結している今、『一角犀《リノケイア》』か『天鷲《アクイラ》』の大宿営地がいちばん安全な場所であると思うのだ。

「移送の最中に襲われる可能性もある。数日、どこかに隠れてもらうという手も考えられるが……」

「隠れる、というのも難しいですね。テトがつきっきりでみていてくれるとはいえ、彼女が目を離す瞬間というのも出てくるでしょう。なにより、あの子は目立ちすぎます」

夢のせいで、島の者なら誰でも、サンディの姿を知っている。隠すという手は現実的ではないだろう。

「子どもを守る、子守りってたいへんなんだな」

「わかっていて言っているとは思いますが、子守りとはそういう意味ではありませんよ、ティグル」

「冗談のひとつも言いたくなるんだ」

疲れた様子のティグルをみて、リムは無言で近づくと、手を伸ばし、その頭を撫でた。

「あらあら」

とソフィーが笑う。

「わたくしはお邪魔みたいね。あとはおふたりで、ゆっくりとどうぞ」

「気遣い無用です。打ち合わせを続けましょう」

†

ボスタルはサンディと再会し、約束通り、ふたりで遠乗りにでかけようとした。これにティグルたちから待ったがかかる。

「どういうことでしょうか」

説明を求めるボスタルに、ティグルは「巻き込んでしまってすまない」と詫びながら、サン

ディの周囲をとりまく事情について説明した。

「この子は、『赤獅子《ルベリア》』と『剣歯虎《サベイリ》』に狙われているのですか」

「そういうことだ。戦いが終わるまでは、俺たちの目の届くところにいて欲しい」

「わかりました、そういうことであれば、俺がつきっきりで彼女を守ります。この心臓に懸けて」

草原の流儀で胸に手を当てて強い決意でそう告げる少年に、ティグルは複雑な気持ちとなった。これが娘を持つ親の気分か。それはそれとして、「みだりに心臓に懸けるなどと言うものではないよ」と少年を諭しておく。

「サンディだって、自分のせいで君が死んだら悲しむ。とにかく、なにかあったら大声をあげてくれればいい。もしそれが間違いでも、誰も君を笑ったりはしないから」

「わかりました、心臓に懸けて、大声を出します」

生真面目にそう答えるボスタルに、苦笑いする。

一方、狙われていると説明されたサンディの方は、というと、頭の上に乗せたテトに「猫は、守ってくれますか？」と訊ねていた。

「もちろんですとも。猫は下僕を守るもの、下僕は猫に奉仕するもの、これが世の理ということでございましょう」

「嬉しいです！」

「とはいえ猫にも苦手なものはございます。甘い匂いにご注意を。大きな音を立てる獣にご注意を。強いうるさい風にご注意を」

「注意が多いです！」

「猫は用心深いとおっしゃってくださいませ」

「テトは、深いです！」

「省略すればよろしいというものではありません」

幼子と猫の会話を聞くティグル以外の者たちは、微笑ましいとばかりに顔を緩めている。テトの言葉がわかるティグルは、噛み合わないふたりに内心で頭を抱えていた。

「ボスタルには『一角犀《リノケイア》』で宿を用意しよう」

すでに少年は任を解かれ、部下はいない。刺青《いれずみ》を入れていないから、まだ『黒鰐《ニーゲラ》』の正規の兵でもない。初陣を終えたにもかかわらず宙に浮いた扱いである。

故に、ボスタルが『一角犀《リノケイア》』に滞在することはさして問題にならなかった。そもそも前代の魔弾の神子であるマシニッサが彼を『一角犀《リノケイア》』に留め置いたのであり、今の『黒鰐《ニーゲラ》』の魔弾の神子はティグルであった。

「また、しばらく世話になります」

「お世話、します！」

サンディはサンディで、友が無事に戻ってきたことに安堵している様子であったし、しばらく共にいてくれることも無邪気に喜んでいた。

これだけみれば、平和な光景なのだ。

†

決戦のときは近づいていた。

エリッサが『天鷲《アクイラ》』に帰還してから十四日目、西に半日の地点で『赤獅子《ルベリア》』と『剣歯虎《サベイリ》』の部隊が集結しつつある、という報告が偵察部隊からもたらされた。

現在は決戦に備え、数千人ずつに陣を分けて兵馬を休ませているという。いくらかの小部族が参加し、加えて、少数ながら『砂蠍《アルピラ》』の旗もみうけられ、弓騎兵の数は一万四千と、想定より少々多い。

「やはり『砂蠍《アルピラ》』が敵軍に加わっているのですね」

リムが表情を変えず、しかし言葉に苦渋《くじゅう》を滲《にじ》ませて呟く。

見立て、という観点から予測したエリッサの言葉の通り、これで次の決戦、七部族がすべて一堂に会することとなる。

ティグルとしても、エリッサの予見が外れて欲しかった。ここが当たってしまった以上、彼女の推測のほかの部分についてもある程度、信じるに足ると考えるべきだろう。

いや、もともとティグルはネリーの行動を予測することに関してのエリッサの言葉を信じていた。もはやそれが確信に変わった、というべきだろうか。否応なく、彼女の予測を確定した未来として事態に対処することになる、ということである。

となれば、ひとまずはサンディの身の安全だ。

これについては戦場から一日離れたはるか後方に大宿営地を配置し、千人の傭兵を交代で見張りに立たせることで対処することになった。ボスタルとテトにも、サンディから目を離すことがないよう、念を押して頼んである。

さらにティグルは、戦姫ソフィーをサンディの守りにつける、という案を提案したのだが……。

「ティグル、さすがにそれは聞けないわ。わたくしはもともと、弓の王を名乗る者について調査し、対処するためにこの島に赴いたのよ。この最後の戦いに加われないなら、なんのためにはるばるジスタートから旅をしてきたのかわからないわ」

その提案は、ソフィー自身に拒否された。正論であったし、頼もしい戦力でもある。ネリーを相手にするにはいくら戦力があっても足りないことはわかっていたので、これはいたしかたのないことであった。

なにせ、過去には戦姫が四人がかりでも勝てなかった相手なのである。

かくして、陣容《じんよう》はまとまった。ティグルたちの側で投入される戦力は、四部族合わせて弓騎兵が一万二千五百騎、加えて徒歩の傭兵と商家の歩兵が三千人である。

総数では四部族連合が勝るものの、歩兵が弓騎兵を相手にどこまで立ち向かえるかとなると難しいところであった。

実質的な戦力としては、ネリー陣営が若干、勝っているといえるだろう。

その差を覆《くつがえ》すための戦術は、すでに何通りも検討されていた。実際に使いものになるかどうかは、その場の状況次第である。

今回、リムが歩兵三千人全体の指揮を執り、リムを除く三人の弓巫女はティグルと共に行動する。ソフィーも弓巫女たちの護衛としてそばにつく。

各部族の弓騎兵の指揮を執るのは、各部族の戦士長たちとなるだろう。

それらを統括するティグルだが、主な役目は、ネリーを相手にすることだ。彼女とまともに戦える戦士がティグルしかいないのだから、必然的にそうなる。もっともこれは相手側も同じことで、ティグルに対抗できる射手となるとネリー以外にいないだろう。

いつ、お互いの魔弾の神子同士の戦いとなるか。

その勝敗がどうなるか。

両軍合わせて三万以上の、この島でも稀な大軍勢での戦いとなるにもかかわらず、このたったふたりの一騎討ちこそが戦の趨勢を決めることになる。

「いっそ、最初から一騎討ちで決めればいいんじゃないかしら。みだりに兵が死ぬこともなくなるわ」

ソフィーが身も蓋もないことを言った。エリッサが首を横に振る。

「たぶん、それだとネリーのもくろむ見立てが達成できません。ネリーとしては、なんとしても七部族すべてが戦う戦場をつくり出したいのです。そのためなら、どれほど人が死んでも構わないと考えているはずです」

「それが相手の狙いとわかっているなら、いろいろとやりようはあるな。ネリーが最初から前に出てこないなら、大胆な手も打てる」

ティグルは考える。エリッサのおかげで、相手の序盤の動きを絞れるようになったのはおおきい。乱戦が望まれるなら、対応する作戦を立てることもできるというものだ。

†

深夜。ティグルとリムはふたりきりの天幕のなかで寄り添っていた。天井から吊された蝋燭立ての揺れる橙色の炎を、揃ってみあげている。裸の上半身を汗がしたたり落ちる。

サンディは、今、ここから一日の距離にいる。そこに『天鷲《アクイラ》』と『一角犀《リノケイア》』の大宿営地があるのだ。娘を預かってくれたムリタは、「しっかり話し合うんだよ」とふたりの背中を叩いて笑っていた。

「お互い、いくら想い合っていても、いたわり合っていても、それを口に出さなきゃ意味がない。言葉にしない想いに意味はないのさ。ことに、戦の前はね」

それは数多の男たちと想いを交わしあってきた彼女だからこその、実感のこもった言葉であった。

「明日ですべてが終わる」

ティグルはかたわらに立てかけた黒弓をみた。数多の戦を共に駆け抜けてきた頼もしい相棒は、今も傷ひとつなく、蝋燭の揺れる明かりに照らされて黒光りしている。

「サンディといっしょに、ジスタートに帰ろう。余裕があれば、途中でアルサスに寄って、父に報告をしたいな」

「そうですね。お父上にあの子の顔をみせてあげたいものです。そのためにも、明日、必ず――勝ちましょう」

ネリーがどう出てくるのか、完全に予測できるわけもない。これまでも奔放《ほんぽう》に、大胆に行動してきた彼女のことだ、どれだけ予想しても、その予想を覆してくる可能性は考慮する必要がある。だからこそ、念には念を入れて、どう動かれても大丈夫なよう、入念な準備を整えてきた。今夜も充分に見張りを立て、夜襲に備えている。

それでも不安は残った。得体の知れないものに対して抱く、漠然とした不審である。だからこそ、ふたりは強い気持ちを言葉にする。

「勝って、故郷に戻ろう」

「ええ。私たち三人で、必ずアルサスに、ライトメリッツに戻りましょう」

どちらからともなく、唇を重ねた。

夜が更けていく。

†

エリッサが『天鷲《アクイラ》』に帰還して十五日目。

太陽は間もなく中天《ちゅうてん》に達しようとしていたが、天は灰色の雲に覆われていた。草原全体が薄い霧に包まれている。

距離をとって、両軍合わせて三万人近くが対峙していた。

東軍、魔弾の神子ティイグルヴルムド＝ヴォルン率いる『天鷲《アクイラ》』、『一角犀《リノケイア》』、『黒鰐《ニーゲラ》』、『森河馬《ハイポータ》』の弓騎兵一万二千五百騎と歩兵三千人。

西軍、魔弾の神子ネリー率いる『赤獅子《ルベリア》』、『剣歯虎《サベイリ》』、『砂蠍《アルピラ》』及び小部族連合、合わせて一万四千騎。

いずれも比類なき大軍であり、このカル＝ハダシュトで戦闘可能なほとんどの軍勢がここに集結している。この一戦が、カル＝ハダシュトの未来を決めるだろう。ひょっとすると世界の命運すら左右するかもしれない。

もっとも、それを知っているのは決戦に参加するごく一部の者にすぎなかった。大半の兵にとっては、カル＝ハダシュトにおけるいつもの七部族の争いが、少々おおきくなったにすぎないものである程度の認識だろう。

夢というおおきな争点はあるのだが……。そもそも、人のありようが変化するなどとただのヒトが想像することは難しいのだ。

ただなんとなく夢に不吉なものを感じた者は多いだろう。

その元凶がネリーであると知って、彼女に反感を抱いた者は多いだろう。

だが、夢の情報がはたしてなにを意味するのか、彼ら自身の認識が世界にどのような影響を及ぼすのか、そこにまで思い至った者はほとんどいない。

この場に集まった兵の大半は、ただ部族を指揮する魔弾の神子たち、弓巫女たち、長老たちに言われるまま、相手を倒すことがより正しいことであると認識を摺《す》り合わせた者たちにすぎないのである。

ヒトとは所詮、その程度のものであった。その程度のものであるからこそ、彼らに未来を与える意味がある。彼らがよりヒトらしく生きられる未来を。ティグルはそう思うのだ。

「霧のせいでよくみえないが、やはり敵軍の先頭にネリーの姿はないようだ」

「後方で指揮を執っているのでしょう。彼女が出てきては、乱戦になる機会を逸《いっ》する可能性が高いのですから」

「俺たちが早期決着を狙うと考えていて、ネリーはそれを厭っている。エリッサの読み通り、戦場に七部族が揃って、七部族の戦士たちが血を流すことそのものに意味があるんだろう」

「儀式、ですからね」

ティグルとリムは馬上で会話を交わす。まわりにはソフィーと、残り三人の弓巫女の姿もある。彼女たちの矢も、一騎討ちでは存分に利用させてもらう腹積もりであった。とはいえネリーが出てこないなら、臨機応変に対応する必要がある。

「弓巫女タニータは一度、『森河馬《ハイポータ》』に戻ってくれ。くれぐれも『砂蠍《アルピラ》』の旗に釣られないよう、指示を徹底して欲しい」

ティグルは『森河馬《ハイポータ》』の弓巫女に告げた。タニータはうなずき、馬首を巡らせて己の部族の陣に駆けていく。『森河馬《ハイポータ》』が『砂蠍《アルピラ》』を狙って突出すれば、そこを起点にすり潰される恐れがあった。念のための指示である。

現在、東軍は戦場の一番右に歩兵を置き、その隣から『天鷲《アクイラ》』、『一角犀《リノケイア》』、『黒鰐《ニーゲラ》』、『森河馬《ハイポータ》』の順に並んでいる。ティグルたちは『天鷲《アクイラ》』と『一角犀《リノケイア》』の間にいた。もっとも遠くの『森河馬《ハイポータ》』には命令が届きにくい。

「リム、君には歩兵の指揮を頼みたい。適切な時機に、上手くやってくれ」

「承りました。機が熟すまで堪《こら》えてみせましょう」

西軍からすれば、歩兵部隊は東軍でもっとも与《くみ》しやすく脆《もろ》い部分にみえるだろう。必ずや苛烈な攻撃に晒《さら》される。リムが近くにいてくれれば心強いし、彼女が宿す『一角犀《リノケイア》』の矢は強力だが、いまはそれ以上に、彼女の持つティグルがもっとも信頼する将としての能力が必要だと考えたのである。

リムは馬を巧みに操り、歩兵のもとに向かった。

「ほかの者は、俺のそばにいてくれ。特にエリッサ、離れるなよ」

「もちろんです、と胸を張って言いたいところですが……ええ、まあ、そのあたりは馬に聞いてください」

エリッサは馬の背で居心地悪そうに身をよじりながら、そう返事をする。

もっともおとなしい軍馬を彼女のために選んだつもりだが、それでもやはり、なんとか馬に乗せてもらっている、という感じがした。

今からでも自分の馬の背に乗るよう指示を出すべきだろうか。ティグルは迷った。

「心配しないで。いざとなったらわたくしが守るわ」

考えが顔に出ていたのか、ソフィーがフォローを入れてくれる。ティグルは「頼んだ」と彼女にうなずいてみせた。

強い風が吹き、霧が晴れる。

雲が割れて、中天の太陽が草原を照らし出す。

それを合図として、両軍から喇叭《らっぱ》と太鼓の音が鳴り響いた。

「前進！」

西軍の将が叫ぶ。ティグルは左右の弓巫女たちと顔を見合わせたあと、黒弓を握る右手を振り上げた。喚声があがる。

合戦が始まった。

†

西軍で先頭に立ったのは、三百騎ほどの小部族の部隊であった。

ティグルたちは知らないことであったが、彼ら西軍に参加した小部族たちは、活躍に応じての報酬を約束されていた。相場の倍以上のそれを目当てに、戦果を得るべく、もっとも脆弱《ぜいじゃく》にみえる東軍の右翼、歩兵部隊に突進したのである。

小部族といっても、連合すれば数になる。数は力だ。三百騎以上の弓騎兵が近づいてくる様子は、その威力を知る歩兵からみればさぞ恐怖であっただろう。

「怯むことはありません」

だが、歩兵たちのもとにはリムがいた。彼女は馬を下り、手勢と同じ視点で、迫る敵の馬群をみつめる。

「彼らに、みせてやりましょう。歩兵には歩兵の戦い方があるということを。――前列、盾を掲げなさい！」

合図と共に、歩兵の最前列が一斉に盾を持ち上げた。

己と、その後ろをも覆い尽くす木製の大盾である。直後、小部族連合の放った矢が飛来した。大盾に衝突した矢は、鈍い音を立てて弾かれるか、あるいは乾いた音を立てて突き刺さる。弾かれる矢は角度が悪いか鏃の出来が悪いか、あるいはその両方だ。

大盾持ちの歩兵たちによって、正面に壁がつくられた。こうなった場合、弓騎兵はその機動力を生かして側面にまわり込もうとする。重い盾を引きずっていては、馬の機動についていけないのだ。無論、それは歩兵側も想定していた。

「今です！」

リムの指示で、盾持ちの後ろの兵が隠していた縄を引っ張った。

背の高い草に隠されていた縄がピンと伸びる。縄の端は、二百アルシン（約二百メートル）離れた太い木の幹に巻きつけられていた。

敵部隊の先頭の馬たちが足をとられ転倒する。後続も止まることができず、前の馬に衝突した。一部の馬は跳躍して上手く障害を回避するも、騎兵のほとんどは勢いを殺され、その場で立ち往生してしまう。

機動力という最大の武器を失った弓騎兵ほど脆いものはない。

「突撃！」

リムが命令を下す。盾持ちの後ろに待機していた歩兵たちが、槍や剣を手に立ち往生した騎兵に向かって駆けだした。相手が立ち直る隙を与えず、身を低くして一気に距離を詰める。

その先頭に立っているのは、ほかならぬ彼らの指揮官、『一角犀《リノケイア》』の弓巫女リムであった。白い槍を手に誰よりも速く草原を駆け抜け、敵の馬の後ろ脚を薙ぎ払う。馬から転げ落ちた男に、後続の兵が殺到した。断末魔の声が響き渡る。

「馬を狙いなさい！　敵は少数です！」

彼女の言葉の通り、小部族の部隊はすべてを合わせても三百騎と少し。対して味方の歩兵の数は十倍だ。またたく間に、兵の波が足の止まった敵騎兵を飲み込んだ。

この波から逃れることができた騎兵は十騎と少しで、いちど馬が駆けてしまえば歩兵に追う術はない。しかし小部族連合の残党はほうほうの体で逃げるのみで、もはや集団としての戦力は完全に消失していた。

「ここまで！　隊列を整えます！」

リムは適当なところで騎兵の始末を切り上げると、遅れてやってくる盾持ちと部隊を合流させた。小部族を救出するべく動きだしていた『赤獅子《ルベリア》』の一部隊五百騎ほどが、ちょうど弓の射程に歩兵部隊を収めたところであった。数百本の矢が一斉に飛来する。

リムは危ないところで、掲げられた盾の遮蔽《しゃへい》に滑り込んだ。動きが遅かった歩兵が数十人、その身に矢を浴びて呻き声をあげ、ばたばたと倒れる。

その光景をみて、なんとか盾の後ろに隠れることができた兵が顔をしかめる。一瞬でも判断が遅れれば、あそこで倒れていたのは自分だと理解したのだろう。

「あの木の向こう側からまわり込むぞ!」

縄の罠が明らかとなった今、縄を張った木の内側に入り込む騎兵などいない。後続部隊は次々とおおまわりで歩兵の背後にまわり込もうとする。

だがそこには、ぱっとみただけではわからない地形の起伏があった。木のそばを駆け抜けた騎兵の前に、突如として数十本の槍が出現する。馬が長い槍に刺し貫かれ、騎兵が地面に転がる。わずかに谷となったその部分に伏せていた二百人ほどの歩兵が、一斉に立ち上がった。

「あの木を迂回しなければと思えば、こちらが思った通りの道を辿ってくれるものです」

歩兵は騎兵に比べて動きが鈍く相手の機動に対応できない。ならば相手を、こちらの思惑通りに動かせばいい。

歩兵を用いた戦術においては、北大陸に一日の長があった。

突如として目の前に出現した敵兵によって『赤獅子《ルベリア》』の弓騎兵は混乱の極みに陥り、もはや矢を射るどころではなくなっていた。

馬と馬がぶつかり、落馬する者があちこちで出る。もちろん、敵の目の前で馬を失った射手の末路など悲惨のひとことであった。あるいは胴を槍で貫かれ、あるいはのしかかられて首を小剣でかき切られ、無残に殺されていく。

かろうじて生き残った『赤獅子《ルベリア》』の弓騎兵が、三々五々逃げていく。みたところ五割は生き残っているが、再編制されるまで再度の襲撃は難しいだろう。

ここに至り、西軍は気づく。

東軍は西軍より一日早くこの戦場に辿り着いていた。彼らは時の利を生かし、戦場となるこの草原の起伏を丁寧に調査していたのだ。加えて歩兵が展開する右翼では、罠を張り巡らせていた。

今や西軍にとって、右翼は致死の罠が仕掛けられた蟻地獄のような場所であった。迂闊《うかつ》に踏み込めば、誰も生きては帰れない。

彼ら騎馬の民は、たかが歩兵、と侮っていた。商家と傭兵、馬にも乗れぬ半端者たち。あんなもの数合わせにすらならないと。

実際、これまでは歩兵を有効に活用してくる敵を相手にしたことがなかったのだ。広い草原という、七部族の弓騎兵たちにとっては地の利を得た環境で、彼らは常に弓騎兵以外の敵を蹂躙《じゅうりん》してきた。今回も、普通にぶつかれば勝てるはずだった。

東軍はそんな彼らの心を読み切って、的確に西軍を誘導した。

もっとも、この優位は長く続かない。リムもそれは理解していた。戦場に仕掛けられた罠など、一回の局地的な勝利を得るのがせいぜいである。敵も、次からは警戒して引っかからなくなるだろう。ちょっと索敵を増やして慎重に動くだけでいいのだから。

ただ、そうなれば西軍の左翼は動きが鈍る。弓騎兵の機動力を十全に生かすことができなくなってしまう。そのためらいこそが、東軍が本当に手に入れた利であった。

たった三千の歩兵で、同数の弓騎兵を釘づけにする。敵の持つ、弓騎兵の数という利を失わせる。それが結果的に、ほかの戦場における東軍の利に拡大されていく。

局面での勝利を全体の利に変換する。リムが右翼の歩兵を指揮する、というのは、彼女がそこまでやってくれるとティグルが信じていたからである。

この白肌の弓巫女は、遠く遠くを見通す鷹の目を持っているのだと。

「さて、このまま次の敵を待ちましょう。あといくつ罠があるか考えてくれるだけでも、こちらとしては嬉しいのですが……」

実際のところ、手札は限られている。それをいつ切るかが問題であった。

†

西軍、『剣歯虎《サベイリ》』の陣営では、千人隊長のひとりが歯軋りして自軍左翼の敗北を見守っていた。手始めに、と敵の歩兵部隊に対してけしかけた小部族はあえなく壊滅、では、と勇敢に向かっていった『赤獅子《ルベリア》』の部隊は伏兵によってさんざんな打撃を受けた。

「あれは傭兵と商家の有象無象の集まりではなかったのか」

「指揮する者の力でございましょうな」

副官である壮年の男が返事をする。

「白肌の弓巫女、リムアリーシャと申しましたか。アスヴァールで竜殺しを支えた女傑であるとか。我々は、優秀な指揮官に率いられた歩兵を相手にした経験が不足しております。いまさら、それに気づかされることになるとは」

「どうすれば、あれを蹂躙できる？」

「距離をとって、地道に矢を射かけていくことですな。時間はかかりますが、時は我らの味方です」

千人隊長は、部隊が左翼に配置されその正面が歩兵と知ったとき、華々しい戦果を挙げる自分を想起していた。

それが、これだ。手柄どころか、このままでは逆襲に遭う可能性すらある。

もういちど舌打ちして、持久戦に移行するよう命令を下した。所詮、相手は鈍重《どんじゅう》な亀。相手が反撃できない距離を見極めて、一方的に嬲っていけばいい。

その間に、ほかの部隊に手柄を挙げられてしまう懸念はあったが……。

「魔弾の神子様のおぼしめしとあらば、だな」

軍勢全体のとるべき作戦がある。今はまだ、強引な手を使うときではない。そう、はやる己の心を納得させる。

†

東軍の右翼が最初に敵と衝突してからほどなくして、左翼に配置された『森河馬《ハイポータ》』は西軍の右翼と接触していた。

とはいっても、お互いに距離をとって、馬で駆けながら矢を射かけ合っているだけである。互いに距離を測りながら、慎重な駆け引きに終始していた。

『森河馬《ハイポータ》』の弓巫女タニータには、突撃の合図を求める声が再三再四《さいさんさいし》届いている。彼女はそれをすべて却下していた。敵軍は、これみよがしに宿敵である『砂蠍《アルピラ》』の旗を掲げている。

魔弾の神子であるティグルには、『砂蠍《アルピラ》』の旗で動揺を誘ってきたら絶対に無視するように、ときつく言い含められているのであった。

「今はまだ、無理をする時ではありません。相手の勢いを削る程度でちょうどよろしい」

タニータは戦士長に繰り返し、そう言い含める。

「ゆっくりと南へ移動、敵を包みこむような運動で牽制を続けてください」

『一角犀《リノケイア》』では戦士長のガーラが、左手に陣を敷く『黒鰐《ニーゲラ》』、右手に陣を敷く『天鷲《アクイラ》』と距離を調整しながら慎重に軍を前進させていた。中央の自分たちが下手に動けば、戦場全体で混乱が加速する。乱戦は敵の望むところであると、事前にティグルから説明を受けていた。

北側、右翼の歩兵が敵の展開を止め、南側、左翼の『森河馬《ハイポータ》』が相手を包みこむように運動している。こうなると、自分たちも早く駆けだしたい、と思うのが兵というものだ。そこでいかに手綱を引くか、が指揮官の腕のみせどころである。

「今は力を温存するのだ。我らの活躍の機会は、必ずやティグル様が用意してくださる。そのときに疲れていては、なんのためにこの日まで戦ってきたか、わからぬではないか。『一角犀《リノケイア》』の底力をみせるその時まで、馬の足を溜めるのだ」

ちらりと右手をみれば、少し離れたところにティグルたちがいる。先頭に立って、戦場全体を俯瞰しながら、じっと待っていた。

これほどの大軍ともなれば、ひとたび敵と切り結べば、以後指示などまともに通らなくなるだろう。その時までに、どれだけの有利を引き出せるか。その瞬間を見極めているのだ。

「まだだ」

だから、ガーラは己に言い聞かせるように、そう繰り返す。

「まだだ、まだ動くな」

†

『天鷲《アクイラ》』を率いる戦士長ナラウアスは、左手のガーラとは違い、忙しく指示を放っていた。

右手のリム率いる歩兵に突撃して崩された敵軍の弓騎兵がこちら側に流れてくるからだ。

散発的な敵軍に矢を射かけ、始末する。逃げる敵を追いかけようとする部下を制し、適度なところで馬を引かせる。

迂闊に敵陣に深入りすれば、今度はこちらが囲まれて殲滅されることだろう。

「我らが突出すれば、リムアリーシャ殿の歩兵が孤立する。今、我らが有利なのは、歩兵が敵を分断させたからだ。このまま少しずつ数の差をつくっていけば、自然と敵軍は瓦解するだろう！　ここで無理をする必要はない！」

ナラウアスは部下をそう叱咤《しった》し、突出しそうな者たちを抑えた。

実際のところ、そうなる前にネリーが動くだろう。今、敵軍は各部隊が勝手に動いている状態だ。およそ、ひとつの組織として連動できていない。

ならば今のうちに崩せるだけ切り崩すべきだが、そうなると必然的にネリーの望む乱戦となってしまう。

「おいしい餌を前にして、おあずけを食らう家畜の気持ちがよくわかる」

ナラウアス自身としても、つい前線を押し上げたくなってしまうのだ。自分のまわりしかみえていない部下たちなら、なおさらだろう。

また一部隊が歩兵に攻撃を仕掛けようとした。今度は罠の設置されていない、『天鷲《アクイラ》』と歩兵部隊の境目あたりだ。

「あの部隊はこちらで相手にするぞ！　半分は俺についてこい！」

ナラウアスは声を張り上げた。彼の馬が前進する前に、血気に逸《はや》った若い兵が我先にと突出していく。慌てて追いかけ、追いつくころにはもう、敵部隊と矢を射かけ合っている。

「あまり右に寄るなよ。どこに罠があるか、動きで敵にバレる」

「わかっています、戦士長殿。ですが、敵を右手に流すのはいいのでしょう」

「そうだ、罠に追い込めば、労せずとも料理できる」

ナラウアスは若者にそう返事をして、迂闊に近づいてきた敵の弓騎兵に矢を放った。矢は馬の胴体に突き刺さり、馬が暴れ出す。乗り手が振り落とされた。地面に転がった乗り手は、打ちどころが悪かったのか、そのまま動かなくなった。

乗り手を失った馬が、戦場の端をむなしく駆けていく。

「よし、ここまでだ。下がるぞ」

「ですが、まだ狩れます」

「駄目だ。みろ、敵陣の主力が、いまかいまかと待ち構えているぞ。俺たちが突出したところを囲んで叩くつもりだ」

逸る若者に対して、敵陣を指差してそう告げる。若者はそちらをみて、悔しそうに首を振った。敵の陣をみても、どう動いてくるか理解していないのだろう。彼は最近、初陣を飾ったばかりだ。無理もない。

「心配しなくとも、すぐに手柄を立てる機会は来る」

ナラウアスは若者の肩に手を乗せた。

†

ティグルは戦場全体を眺めていた。

現在のところ、おおむね上手くいっている。想定の範囲内で状況が推移していると言えた。

いや、むしろ上手くいきすぎている。

「奇妙ね」

ソフィーが呟く。

「相手がやけに消極的だわ。七部族は戦場に揃った。お互いに血を流している。でも、敵の戦い方は、まるでそれだけじゃ足りないみたい」

「ああ、まるで時間を稼いでいるみたいだ」

ティグルは戦姫に同意を示す。

「エリッサ、どう思う？」

「私は戦場のことなんて、てんでわかりませんよ」

エリッサは馬の上でなんとか体勢を整えながら、首を横に振る。戦場に出た軍馬は気が荒くなっている。普段はなんとか乗りこなすことができるようになった彼女でも、今は馬上の姿がひどく危なっかしい。

「スフォニスベ、なにか気づいたことがあれば教えてくれ」

「私は戦場に出たことこそ多いですが、戦そのものに詳しいわけではありません」

『黒鰐《ニーゲラ》』の弓巫女は戸惑《とまど》いながらも首をかしげてみせた。

「ですがこうしてみたところ、先日、我々と戦ったときの積極性が影も形もありません。まるで、指揮する者が代わったかのようです」

「ネリーが後ろにまわっている、というだけでは説明がつかないかしら」

ソフィーの言葉に、エリッサが首を横に振る。

「そもそも、ネリーがあの性格で戦場から逃げまわる、というのがどうなんですかね？」

とある考えに行きついて、ティグルは身をこわばらせた。

「どうしたの、ティグル」

「いや、まさかと思ったんだ。でも、さすがにそれは……」

「それでも、言ってみてくれない？」

ソフィーに促されて、ティグルはためらいがちにさきほど脳裏をよぎった考えを告げることにした。

「ネリーには、この場に現れることができない事情があるんじゃないかと思ったんだ。彼女が、『赤獅子《ルベリア》』と『剣歯虎《サベイリ》』、両部族の魔弾の神子である人物がいないからこそ、戦場で相手は消極的になっている。もっと言えば、ネリーが戦場に到着するまで時間を稼いでいる。――そう考えれば、今の敵の行動につじつまが合う気がした」

「援軍を連れてくる、ということかしら」

「わからない。でも、指揮官がこんな大一番で戦場を離れる意味なんて……」

ティグルはふと考えた。いや、あるのだ。この戦いにおけるネリーの目的がエリッサの看破《かんぱ》した通り、見立て、というものであるなら。

「足りないものを、とりに行った？」

はたして、ティグルが飲み込んだその言葉を告げたのは、エリッサであった。

「だから、ネリーは決戦に遅れている。そういうことですよね、ティグルさん」

「その足りないものが、援軍、でありましょうか？」

スフォニスベが首をかしげている。しっくりこない、ということだろう。

「違います。兵士じゃありません。私、わかっちゃいました。ネリーは、そもそもまともに戦をするつもりなんてないんです」

エリッサが即座にそれを否定する。彼女がなにを言いたいのか、ティグルはもはや理解していた。理解していて、それを口にできなかった。たとえ彼女とティグルの推察が正解だとしても、もはや彼にできることはほとんどないのだ。だからこそ――。

「ああ、私は忘れていました。単純なことだったんです。ネリーは、足りないものがあれば力ずくで手に入れるタイプの人なんですから。こうして私たちが決戦の場に集まることまで想定していたなら、そしてネリーのたくらみを私が見抜くと理解していたなら、私たちがネリーをどう邪魔するかもわかっていたに違いないんです」

急に早口で語り出すエリッサに、スフォニスベが目を白黒させている。なにを語りたいのか気づいているティグルはともかく、エリッサとは比較的つきあいが浅いソフィーもまた、いささか戸惑っている様子であった。

「でも、どうやって？　私には、それがわかりません。私たちの対策のせいで、よほどの無茶をしても、ネリーはこの地で見立てを、儀式を完遂《かんすい》できない。いくら彼女でも、戦場とあの場所との距離を縮めることなんて不可能なはずです。だから安心していたんです。でも、本当に彼女がこの場にいないなら、彼女はその不可能を可能にしたのでしょう」

エリッサがティグルをみる。ティグルはうなずいた。

「俺もそう思う。答え合わせをしよう。ネリーは『一角犀《リノケイア》』の大宿営地に赴いて、サンディを攫《さら》おうとしている」

ティグルの言葉に、エリッサを除く一同が目を丸くした。

「そんなこと……っ。無理よ！」

「はい、ソフィー。この戦場と『一角犀《リノケイア》』の大宿営地とは、馬で一日の距離があります。たとえこの戦いが長引いたとしても、彼らが一日も粘ることは不可能でしょう」

「そうだな。ネリーがいない、と確実に判断できたら、もう相手の時間稼ぎにつきあう必要はない。全軍を動かして、一気に叩く」

「ネリーだってそう考えるはず、と私たちは考えます。――やはり、ネリーはあそこにいるんでしょうか」

エリッサが指さす先には、『赤獅子《ルベリア》』と『剣歯虎《サベイリ》』の弓騎兵による分厚い陣がある。

ティグルは敵陣をじっとみたあと、首を横に振った。

「いない、気がする」

「ですよね」

ティグルは腹をくくった。こうなったら、段取りは無視だ。伝令の兵を呼ぶ。

「各部族に計画の変更を伝えてくれ。全軍、前進。俺たちも左翼にまわる、と。歩兵部隊には、リムを戻すように、と。彼女の帰還を待って、移動を開始する」

「賭けに出て、よろしいのですか」

スフォニスベの言葉に、ティグルは渋面をつくる。

「時間をかける方がまずい気がしてきたんだ。嫌な気配がする。まだ俺の勘でしかないが……」

「なるほど、ティグルヴルムド卿の勘、信じましょう」

『黒鰐《ニーゲラ》』の弓巫女は笑った。

「都でも、あなたは誰よりも率先して危険に飛び込んでいました。そういう者の勘は信用できると思うのです」

†

一定のリズムで喇叭の音が戦場に響く。それを聞いて、『森河馬《ハイポータ》』が動いた。いままでよりも積極的に、左まわりで敵軍を包み込もうとする。

させるものか、と西軍の右翼が馬を駆けさせる。東軍左翼の頭を押さえるように、その前進方向へ弓騎兵を展開させた。

相手が弓を並べて構えるその正面から突入することになった『森河馬《ハイポータ》』は、更に馬を左に向けて、敵軍を包囲しようとする。鳥が上空から観察すれば、長い蛇が互いの頭を喰いあうため、威嚇《いかく》しながら南へ這い進んでいるようにみえただろう。

だが次第に『森河馬《ハイポータ》』の動きが西軍の防衛行動を上まわるようになる。敵軍の右翼を包み込んだ『森河馬《ハイポータ》』は馬上から一斉に矢を浴びせた。複数の方向から同時に射かけられ、逃げ場のない状況に追い込まれた騎兵が、悲鳴をあげてばたばたと倒れていく。

会戦の初期、『森河馬《ハイポータ》』がこの運動をしなかったのは、戦線が伸び切ったところでネリーの指揮のもと吶喊《とつかん》されることを恐れたためである。先の戦いで、『森河馬《ハイポータ》』はネリーの指揮下にある軍の精強さをよく理解させられていた。

だが、喇叭が鳴った。魔弾の神子ティグルの出した合図だ。意味は、恐れず動け。ためらう理由は消えたのだ。あとはティグルを信じて戦場に身を投じるだけであった。

ほどなくして、そのティグルがエリッサ、スフォニスベのふたりの弓巫女と戦姫ソフィーを伴い、『森河馬《ハイポータ》』の弓巫女であるタニータのもとへやってきた。戦闘の最前線、蛇の頭に近い場所である。魔弾の神子の登場に『森河馬《ハイポータ》』の士気がいっそう上がった。

「ネリーは、おそらく今、この場にいない。今のうちに敵軍を切り崩す」

「そういうことでありましたか。では、遠慮なく参りましょう」

ティグルの考えを聞いて、タニータは『森河馬《ハイポータ》』の戦士長に全力で攻勢に出る旨を告げた。

「先の戦いで我らが生き残った意味は、今、ここで先駆けとなることにあった！　皆の者、続け！」

熟練の戦士長に率いられ、『森河馬《ハイポータ》』が駆ける。彼らに引きずられるように、『黒鰐《ニーゲラ》』が包囲の欠けた部分を補う。ティグルたちがここに来る途中、スフォニスベは『黒鰐《ニーゲラ》』の戦士長と少しだけ会話をして、『森河馬《ハイポータ》』の補佐に入るよう頼んでいた。

中央では『一角犀《リノケイア》』が左右の塩梅《あんばい》を見ながら前進し、その右手で『天鷲《アクイラ》』が歩兵部隊と連係しつつ『一角犀《リノケイア》』の補助に動いていた。

戦場全体がおおきく動きだす。東軍としては、馬の脚が続く間に勝負を決する必要があった。包囲しながら矢を浴びせ続けることしばし、西軍の右翼が崩壊しつつあった。絶好の時機を見計らって、『黒鰐《ニーゲラ》』と『一角犀《リノケイア》』が前線を押し上げ、出血を広げる。

西軍の右翼では、逃げ出す者と踏ん張って反撃しようとする者が入り乱れ、馬の頭と頭がぶつかって混乱の極みにあった。もとより、本来の弓騎兵は草原を広く使って戦うものである。どの部族も、これほど大規模な戦いに慣れていなかった。

それを補うのが指揮官というものだが、西軍では魔弾の神子であるネリーが具体的な指示を出した様子もなく、各々が好き勝手に戦っているようにしかみえなかった。

「これは本当に、ネリーがいないな」

ティグルは確信を深めた。

ネリーの思惑はともかく、ならばやるべきことは、ネリーが戻って来ないうちに決着をつけることである。『赤獅子《ルベリア》』と『剣歯虎《サベイリ》』が無力化されれば、ネリーはこの土地で力を失うだろう。彼女が大それたことを考えるとしても、その対処は現在よりずっと容易となるはずであった。

と、ここまで統制のとれた動きをしていた東軍に乱れが出た。『森河馬《ハイポータ》』の一部が、『砂蠍《アルピラ》』の旗をみつけて、進軍の方向をそちらに変えたのだ。部隊に隙間ができて、そこだけ攻撃が止んだ。その間に西軍の右翼はひと息つくことができた。

『砂蠍《アルピラ》』の旗が西軍の間を抜けて、逃げる。

『森河馬《ハイポータ》』でも『砂蠍《アルピラ》』に特に恨みを持つ者たちは、敵軍を突破してでも『砂蠍《アルピラ》』を叩くべく、深追いしていった。

「戻りなさい！　戻って！　あれは罠よ！」

タニータが呼び止めても聞く耳をもたない。完全に、頭に血が上っているようだった。『砂蠍《アルピラ》』の旗を追いかけているのは、およそ三百騎といったところか。彼らを切り捨てることができるほど、東軍にも余裕はなかった。

「俺が助けて来よう」

「わたくしもお供させてもらうわ」

ティグルとソフィーが『森河馬《ハイポータ》』の一部と共に、主力の動きから外れた部隊を追った。

たちまち、敵軍に包囲される。周囲から射かけられた矢を、ソフィーの錫杖から展開される透明な結界によって防いだ。

「なんだ、あれは……？」

「弓巫女？　いや、違う。白肌の妖術か？」

　敵軍がざわめき、つかの間、その動きが止まった。その隙にティグルたちは三百騎ほどだった味方に追いつく。すでに敵の集中攻撃を受けて激しく損耗し、二百騎と少しになっていた。

「これは敵の罠だ。戻れ」

「しかし、魔弾の神子殿……。敵は、我らが魔弾の神子を卑劣な手で殺したのです！」

「俺もその場にいた。守れなくてすまない。しかし、皆と協力して戦う方が、『砂蠍《アルピラ》』を追い詰めることができるんじゃないか。今のままじゃ全滅する。それははたして、死んだ魔弾の神子の本意だろうか」

　不服そうだった男たちだが、ティグルに説得されるうち、冷静さをとり戻した様子であった。

皆、ばつの悪い思いなのか、神妙な表情であった。

「我々を見捨てることなく救助に動いてくれたこと、感謝に堪《た》えません」

「違う、仲間を助けるのはあたりまえだ。戻るぞ」

　ティグルは、包囲網の一角へ向けて、たて続けに矢を射かけた。その方面の指揮をとっていた男たちが、次々とその矢で倒れていく。混乱したそこに、ソフィーを先頭として突撃した。

弓を捨てて剣を抜く騎兵の壁を突破し、草原に出る。

　せっかく敵中に来た魔弾の神子を逃がすものかと、追っ手が出た。おおまわりして戻る最中、迎えに来ていたタニータの『森河馬《ハイポータ》』部隊、二百騎ほどと合流する。

「魔弾の神子殿、同胞の救助、感謝に堪えません」

「当然のことだ」

「どうか、今こそこれを」

タニータが腹に手を当て、緑に輝く矢をとり出した。

『森河馬《ハイポータ》』の矢だ。ティグルは矢を受けとり、弓につがえた。

「みよ、我らが魔弾の神子殿が『森河馬《ハイポータ》』の矢を放つぞ！」

戦士たちの視線がティグルに集まる。ティグルは追いすがる敵の騎馬部隊に狙いをつけ、矢を放った。

緑に輝く矢が、無数に分裂する光輝となって放物線を描いて敵の騎兵を襲う。矢は騎兵の胸を、肩を、あるいは額を射貫く。兵が馬から転がり落ちて、悲鳴と共にたちこめる土埃のなかに消えた。たったの一射で十騎以上が脱落している。

「たった一度で、これだけの戦果、お見事です」

「この前、試射をさせてもらったからな」

数度の試射で、この『森河馬《ハイポータ》』と、それから『黒鰐《ニーゲラ》』の矢の感覚は掴ませてもらっている。

もう一本、タニータから『森河馬《ハイポータ》』の矢を受けとって、なおも追いすがってくる敵陣に放った。更に十騎と少しが脱落する。

「『森河馬《ハイポータ》』の矢だ！　魔弾の神子と弓巫女がいるぞ！」

「これでは戦いにならん！　退け、退け！」

敵の弓騎兵が馬首を返す。

この隙に、ティグルたちは撤退して、無事に自陣へ戻った。

その間にも、ソフィーとスフォニスベの指揮のもと、東軍左翼は包囲網を広げている。いまや戦場の南側は完全に東軍の支配下であった。ここでは西軍の騎兵が混乱の極みにあり、満足に矢を射かけることもできず、東軍の放つ矢を雨のように浴びて、人と馬が悲鳴をあげ、次々と倒れていく。

西軍の指揮官がまともな判断をしていれば、右翼を下げるか、左翼を動かして右翼を救うか、とにかくなにがしかの選択をするはずである。ましてや東軍の右翼は歩兵で、彼らが待ち構えて罠で仕留める戦術に頼っていることが明らかとなっているのだ。西軍としては左翼を遊ばせている余裕などないはずであった。

にもかかわらず、動きがない。

やはりネリーがおらず、部族同士の連係が上手くいっていないのだろう。

ティグルは容赦なく一斉攻撃の指示を出し、戦果を拡大する。西軍の右翼はなまじ多くの騎兵が集まっているせいで、進むことも退くこともできない団子状態となって、次第にすり減っていく。

「これほどとは」

スフォニスベが呟く。

「あれほど精強であった『赤獅子』と『剣歯虎』が、これほど容易く崩れるとは。ネリーがいなくても、各部族の戦士長が上手く自軍をまとめることができれば、ここまで一方的にことが進むことはなかったはずですが……」

「そこはネリーも予想外だったかもしれませんね」

エリッサが言う。

「たぶんですけど、皆がネリーに甘えてしまっていたんでしょう。ネリーに任せればなんでも上手くいくなら、自分で考える必要はないですから。優秀な店主がいるお店でその店主が突然いなくなると、なにもかも上手くいかなくなる。よくあることなんですよね……」

彼女の言葉には実感がこもっていた。エリッサ商会が現在どうなっているか、つい思いを馳せてしまったのだろう。はっと我に返り、激しく首を横に振る。

「いけない、いけない。戦場で余計なことを考えてはいけませんね。皆に守って貰っているからって、つい油断してしまいました。先生に叱られてしまいます」

そのリムは、今も戦場の反対側で歩兵を指揮し、敵の北端である左翼を牽制しているはずであった。彼女がいる限り、ティグルたちは右翼のことを気にすることなく、先頭に立って包囲集中だけに専念することができている。

全部隊がひとつの生き物として、それぞれの兵が手足となって動くことが可能なのは、彼女だけではなく、ナラウアスやガーラたち戦士長がきちんと己の職分を全うしてくれているからであった。

対して『赤獅子《ルベリア》』や『剣歯虎《サベイリ》』では、どうなのか。一時期、ネリーが不在であったが、それでも両部族はおおきく混乱した様子がなかった。相応の人物が部族を治めていたとは思われるが、それは平時の話である。戦場で重要な指揮官の素質とは違う。

たとえばエリッサは平時の部族を治めることができる人物であるが、戦に関してはほぼ無力であった。『天鷲《アクイラ》』が『一角犀《リノケイア》』の追撃から逃走を続けることができたのは、戦士長ナラウアスの力がおおきい。

そのナラウアスには、部族が窮地から脱するための展望を描くことができなかった。対してエリッサは、その時が来ることを信じて、準備をしていた。ティグルとリムが『天鷲《アクイラ》』を訪れてすぐ、反転攻勢ができたのはエリッサの準備のおかげである。

人には得手、不得手がある。それらを適切に配し、運用することができなければ組織の機能は失われる。ネリーの優秀さは、彼女不在時の戦の能力を部族が喪失するほどのものであったということなのだろう。

「戦で血を流すことが儀式になるなら、その血は敵のものでも、味方のものでもいい」

戦いながら、ティグルは語る。

「こうして俺たちが『赤獅子《ルベリア》』と『剣歯虎《サベイリ》』を倒していくことで、ネリーの目的達成に貢献していることになる」

「血も涙もない話ね」

ティグルの言いたいことを理解したソフィーが呟く。

「でも、わたくしたちが知る弓の王を名乗る者らしいわ。わたくしたちの王のそばに控えていた魔物を殺すために、王宮ごと破壊した人物なら。エリッサにはそういう面はみせなかったみたいだけど……」

「そうですね、私の知らないネリーです。でも、そうであってもおかしくないかな、とも思います。気まぐれな人ですけど、目的があったらそのためには手段を選ばないんです。今にして思えば、私の窮地を救うために己の手を汚すことをためらわなかったのって、つまりそういうことだったのでしょう」

彼女がとある町で、その町を支配する代官によって危機に陥っていたとき、ネリーと戦姫オルガはためらわず代官の屋敷に押し入り、一党を壊滅させた。ティグルはその後始末に奔走させられたから、顚末《てんまつ》をよく知っている。

たしかに、あのような態度を自分だけではなく他者にも適用するなら、そうもなろう。任せられた者が職務を全うできなければ死ぬだけだ、という価値観である。

「ネリーが思い描く理想の世界って、けっこう生きにくいと思いますよ」

続けて、エリッサは語る。

「だからこそ、私はネリーを止めなきゃいけない、と考えます」

もとより、ティグルたちもそのつもりだ。

周囲に号令をかけ、攻勢を強める。追い詰められた敵部隊が散発的に反撃してきて、数頭の馬が矢に貫かれ、乗り手が振り落とされた。だがそれは一部にすぎず、すぐに反撃してきた部隊に対して、数倍の量の矢でもって集中攻撃する。

雨のように降り注ぐ矢によって、そういった生きのいい部隊からばたばた倒れていった。東軍は、今に至るまで周囲との連係がよくできている。最低限とはいえ、きちんと全軍で調練できたことがこの成果に繋がっていた。

「あと、少しですね。ここは、我が部族の矢を使っていただけますか」

スフォニスベが腹に手を当て、鏃が黒く染まった矢をとり出すと、馬を寄せてティグルに手渡す。ティグルはその矢を黒弓につがえた。敵軍の馬が集中する一角に狙いをつけ、弓弦から手を離す。

黒い矢は高速で回転しながら敵軍の馬に命中し、その腹を抉ってなお勢いが止まらず、その背後の馬を貫き、更に背後の馬にまで突き刺さった。たったの一矢で三頭の馬が倒れ、周囲に混乱が起こる。

「『黒鰐《ニーゲラ》』の矢は都でもみせてもらったが、たいした威力だ」

「『貫通』の力は、こうした密集した場でこそ力を発揮します。お役に立てて幸いです」

「じゃあ、ティグルさん。次は私の矢も……あんまり役に立ちませんかね」

「いや、逆に今こそ『天鷲《アクイラ》』の『風纏《かぜまとい》』の出番だ」

エリッサが、では、と己の腹からとり出した青い矢をティグルに手渡してくる。

ティグルはその矢を受けとり、弓につがえると、天に向けて構えた。矢を放つ。天高く、長い弓なりの軌道を描いた矢は、風に乗ってずいぶんと滞空したあと、先ほどからほかの騎兵の後ろに隠れ、大声で指示を出していた敵指揮官に脳天から突き刺さった。

「こういう使い方ができる、便利な矢だ」

「ティグルさん以外できませんよ、こんなこと」

エリッサが左右の弓巫女をみれば、スフォニスベとタニータは肩をすくめていた。

立て続けに弓巫女の矢を射込まれたことも影響したか、敵軍の士気は更に下がり、飛んでくる矢も少なくなった。馬首を返し逃げる者が多数で、指揮官が引き留めても無視されている。

もはや、勝利は目前であった。

「この戦いも、これで終わり、ですか」

タニータが呟く。

「『赤獅子《ルベリア》』も『剣歯虎《サベイリ》』も、立ち直れないほどの打撃を受けることでしょう。結果として、すべての部族がおおきな被害を受けました。多くの血が大地に流れました。ネリーという人物の思惑は、ある程度は達成されたのでしょう。しかし、その彼女がこの場にいなくては、なにもできないでしょう。最後の最後で、彼女は詰めを——」

そのとき、だった。

草原に影が差す。

今日は雲ひとつない青空だったはず。

ティグルは己の馬の変調に気づいた。ひどく怯え、いつの間にか脚が止まっている。周囲をみれば、仲間たちの馬も同じく怯えた様子で身をこわばらせていた。

「なんだ、あれは！」

誰かが叫び、空を指差す。ティグルは頭上をみあげた。

その生き物を彼は知っていた。かつてその背に乗ったことも、倒したこともある。

飛竜《ヴィーフル》だった。

一頭の飛竜が、空を舞っていた。

「鳥か？　でかい。なんて巨大なんだ」

近くの戦士が呆然と呟いている。敵も味方も、いつの間にか戦いの手をとめていた。

「待て、人だ！　あのでかい鳥に人が乗っている！」

唐突に、ティグルは理解した。北大陸ではあれほど竜を使役《しえき》していた弓の王を名乗る者が、どうしてこの島ではいちども竜を使わなかったのか。

使えないのかと思っていた。そうではなかったのだ。

「いまやっと、理解しました」

エリッサがため息をつく。

「彼女は、ただこのいちどのために、温存していたんですね。切り札を、私たちの思考の外に置いておくために」

†

時は少し巻き戻る。戦場から一日の距離にある『一角犀《リノケイア》』の大宿営地は、昼食の用意をする女たちが鍋でスープを煮込む匂いが充満していた。腹を空かせた子どもたちが、ひと足早く、鍋のまわりに集まってくる。ムリタは彼ら彼女らを追い散らしながらも、鍋をかき混ぜる手をとめない。いつものこととはいえ、忙しないことこのうえなかった。

ムリタはちょうどやってきたメニオを捕まえ、「ちょっとあんた、ボスタルとサンディを呼んでおいで」とふたりがいる天幕を指さす。万一、襲撃があった場合に備えて、今日はサンディに、なるべく天幕から出ないよう命じていたのである。ボスタルは自ら望んで、彼女の遊び相手となっていた。本人は護衛と言い張っている。

だが、食事のときは別だ。ものを食べるときまで天幕のなかでは、心が干からびてしまう。

「わかりました、呼んできます」

メニオは嫌な顔ひとつせず、ふたりのいる天幕に向かい、ほどなくしてふたりの子どもたちを連れてきた。サンディは黒い子猫を両腕で抱いて、「テトも、おなかがすいてます！」と告げる。

「わかったよ、それじゃ、その子には魚の骨を用意してやる。どの骨がいいか、自分で選ぶかい？」

ムリタが訊ねると、テトは元気よく鳴いて、サンディから離れ太った女のそばに寄った。ひとりと一匹は、出汁をとった魚の骨をとりに、近くの保管庫に向かう。

そのときだった。空が曇った。

大半の者は、雲でもかかったのかと気にも留めなかった。だが一部、空をみあげたものは度肝を抜かれ、悲鳴をあげる。皆が作業の手をとめ、天を仰いだ。

「飛竜だ！」

そう叫んだのはメニオだった。彼だけは、あの生き物がなにか、実際にみたことがあったのである。アスヴァール島の最後の戦いで、円卓の騎士アレクサンドラが騎乗していた飛竜が戦場を横断する様子をその目に焼きつけていた。

次の瞬間、飛竜が急降下して、止める間もなくその鉤爪がサンディの身体を捕まえた。そばにいたボスタルが慌てて彼女の足に掴まろうとしたが、その手はむなしく宙を掻いた。

「悪いが、お姫様は頂いていくよ」

地に尻餅をついたボスタルは、そんな女の声を聞いた。

飛竜が急上昇して、またたく間に視界の外へ消えた。

†

「あれは、なんです。魔弾の神子殿、あなたの知る生き物ですか」

スフォニスベが訊ねてくる。

「あれが、竜だ。飛竜と呼ばれる。俺は以前、ネリーが使役する飛竜と戦ったことがある」

スフォニスベとタニータが息を呑む。彼女たちも、事態を理解したのだろう。

「射ますか。我ら『黒鰐《ニーゲラ》』の矢ならば、飛竜の鱗とて射貫けるでしょう」

「待ってください」

エリッサが首を横に振った。

「私、みたんですよ。あの飛竜は東から飛んできました。たぶん、私たちの大宿営地から。おそらくは、『一角犀《リノケイア》』の大宿営地です。一日の距離なんて、飛竜にとってはあっという間なんでしょう。だとしたら――」

つまり、と彼女は告げる。ティグルが考えたくなかった、しかし考えざるを得なかった可能性を。

「あの飛竜の背で、きっとネリーはサンディを抱えているはずです」

上空を旋回する飛竜を、ティグルは睨む。逆光で飛竜の上に誰が乗っているかまではみえなかった。だが飛竜が東から飛んできたというなら、そして飛竜の乗り手がネリーであるなら、彼女が目的を遂げてこの戦場にやってきたという前提で動くべきだろう。

「エリッサ、『天鷲《アクイラ》』の矢を出してくれ」

「はい、ティグルさん」

ティグルはエリッサが腹からとり出した青い矢を受けとり、黒弓につがえた。旋回する飛竜に狙いをつけ、射る。青い矢は天高く舞い上がり、飛竜をおおきく外れたあと、向きを変えて落下した。落下の軌道の先に、弧を描いて戻ってきた飛竜がいる。狙い通りだった。

しかし、『天鷲《アクイラ》』の矢は、飛竜の上から射かけられた別の矢によって弾かれる。黄色い軌跡を描いて飛ぶ矢であった。

『天鷲《アクイラ》』の矢はまっぷたつに砕け、青い塵となり空気に溶ける。

「あれは『剣歯虎《サベイリ》』の矢。間違いなく、ネリーです」

天を仰いでいたスフォニスベが冷静に呟く。

射た矢を撃ち落とすような射手がそう何人もいるはずがない。黒弓の力を全力で使えば迎撃できるかもしれないが、それではサンディの身も危ない。

だが、それでも。

「スフォニスベ、『黒鰐《ニーゲラ》』の矢を」

ティグルは危険を冒すことを決意した。弓巫女たちとソフィーが驚きに目をおおきく見開く。

「頼む。今、ここで止めないと、どのみち俺の娘は……」

「わかりました。ヒトの世の命運を、あなたに託します」

ティグルはスフォニスベが腹からとり出した黒い鏃の矢を受けとり、弓につがえる。弓弦を引き、黒弓を上に向ける。旋回して高度を下げつつある飛竜に狙いをつける。

歯を食いしばり、ブリューヌの神々に祈った。

この一矢が、我と我が子の未来を切り開かんことを。

矢を放つ。『黒鰐《ニーゲラ》』の矢は漆黒の軌跡を残してまっすぐ天を駆け上がった。ほぼ同時に、竜の背から赤黒い弓がみえた。赤黒い弓から矢が放たれ、黄色い軌跡を残して落下する。二本の矢は衝突し、互いに爆発して塵となった。

だがそのとき、ティグルの手にはもう一本の矢が握られていた。緑の鏃のその矢は、今まさに『森河馬《ハイポータ》』の弓巫女タニータが彼に手渡したものだ。二本目の矢を素早く放つ。『森河馬《ハイポータ》』の矢は無数に分裂し、飛竜を襲った。

これはさすがに防ぎきれず、何十本という矢が飛竜の鱗を貫く。耳をつんざく絶叫があがった。飛竜の翼は千々に破れ、その巨体が力を失い落下していく。

落下の途中で、飛竜の背から飛び出した者がいた。

ネリーだ。彼女は肩にぐったりした十歳くらいの白肌の少女を抱えて、ふわりと宙を舞う。

右手に握られた赤黒い弓が輝いていた。ネリーは徐々に高度を下げながら西に飛んだ。

「そうか、初めて会ったときも、彼女は飛竜が射落とされたあと、空を飛んで去っていった。あの弓の力か……」

ティグルは呆然として、彼女がゆっくりと、戦場から離れた西の草原に着地する様子を見守った。

西軍が撤退し、ネリーのもとに集まっていく。追撃しようにも、東軍の馬が落下してくる飛竜に怯えて、動かなくなってしまった。飛竜の落下地点から、東軍と西軍の騎兵が慌てて離脱する。落下の衝撃で地面がおおきく揺れ、土煙が高くあがった。

苦々しい思いで、ティグルは全軍に停止の指示を出す。勇敢な者が飛び出し、少数で敵陣に殴り込むよりはマシだ。

ティグルたちが馬をなだめている間に、リムの馬が駆けてきた。

「おおよその事情は理解しています。飛竜の背に白肌の幼子の姿をみたと、目のいい傭兵が語っていました。ティグル……」

「ああ、もしかしたらサンディを殺してしまうかもしれなかった。でも、やるしかなかった。結局、ネリーを逃がしてしまったが……」

「あなたは正しいことをしました。胸を張ってください」

「ありがとう、リム」

ティグルとリムは、馬の頭を西に向け、ゆっくりと歩かせた。スフォニスベとタニータも馬を並べてついてくる。弓巫女のなかで唯一エリッサだけが、言うことをきかなくなった馬から下りて、走ってリムに並んだ。

「先生、乗せてください！」

「あなたは、本当にもう……」

リムは呆れた様子でエリッサと手を繋ぎ、馬の上に引き上げると、己の前に彼女をちょこんと乗せた。

ネリーが肩に背負っていた少女を地面に下ろす。

その少女が、草原に両足をつけた。自らの力で立ち、ネリーを振り仰いだ。ネリーが彼女に対してうなずいてみせた。

少女の唇が動き――右手を天高く持ち上げた。

ティグルの全身に怖気が走る。馬が驚き、高くいなないて前脚を持ち上げた。慌てて手綱を引き、振り落とされないように身体の均衡をとる。後ろではリムたちもいささか慌てていたが、彼女たちを振り返る余裕もない。

「サンディ！」

ティグルは叫ぶ。目のいい彼であっても少女の顔がみえないほど距離が離れていた。それでも、ティグルにはその白肌の少女が己の娘であると確信できた。

だが今、サンディはティグルの方を一瞥すらしない。彼の声が聞こえないのか、彼の姿がみえていないのか。いや、そもそもなぜ、彼女はネリーに従っているのか。

サンディが、頭上に持ち上げた手を軽く振る。

草原に影が落ちた。

いや、空が暗くなった。みあげれば、天に輝いていた太陽が徐々に削られ、失われるところであった。日食《にっしょく》だ、という知識くらいティグルにもある。それも部分日食ではなく皆既日食《かいきにっしょく》であろう。日食がなにかの吉兆、あるいは凶兆であるという話を聞き知ってはいた。

だが、先程までそんな予兆はなにもなかったはずだ。唐突に、それは起きた。少女が手を天に持ち上げ、軽く振った、そのときに。

あちこちで、悲鳴があがった。東軍のみならず西軍からも、悲痛な叫び声があがっている。屈強な兵が弓を落とし両腕で身体を抱えて震えあがっていた。ある兵は馬の鞍から転がり落ちた。ある兵は草原にひれ伏して祈りの言葉を呟き始めた。

日食、という現象をみただけで恐怖に襲われているというわけではない。ティグル自身も身体の震えをこらえ切れていないのだ。冷気のようなものが草原を漂っていた。冷たい、触れるだけで身体が怖気立つ、静かな風が吹いている。

真昼の太陽が喰われ、夜が訪れた。その輪郭だけが、わずかに白い輝きを放っている。

サンディの突きあげられた掌が、閉じる。ぐっと拳を握った。

輪郭の輝きすらも消えた。突然の暗闇に、ティグルは頭を激しく揺さぶられるような感覚を覚えた。低く呻き、額に手を当てる。

「ティグル！」

その様子をみて、心配した様子のリムが、エリッサを乗せたままで駆け寄ってきた。

「ティグルさん、だいじょうぶですか」

「ちょっと立ち眩みがしただけだ」

ティグルはエリッサとリムを安心させるよう微笑む。

目が慣れれば、暗闇にもかかわらず、周囲がよく見渡せた。人が、馬が、草木が、淡く白い燐光に包まれていることに気づく。それがなんなのか、ティグルにはわからない。ともかく、なにもみえないよりはいいだろう。

「いったいなにが起きているのです。皆既日食が起きて、それから——だいたい、どうして私たちの身体から光が出ているのですか。それにサンディは……」

「今のサンディは、きっとネリーに操られているんだ」

ティグルは馬から下りた。馬はぶるりとその身を震わせると、ひとつおおきないななきをあげ、その場に留まる。リムとエリッサも、共にティグルに倣って下馬した。

周囲の人々は恐慌し、慌てふためき、あるいは強い畏れを抱いて平伏していた。もはや誰も武器を構えていないことだけは共通していた。

そんな者たちをかきわけ、ティグルたちはネリーとサンディのもとへ徒歩で向かう。

ある程度近づいたところで、ネリーと視線が交錯した。ネリーの顔に動揺がみられる。ティグルは驚いて足を止めた。

「ティグル、どうしましたか」

「いや……」

距離は、まだ五百アルシン（約五百メートル）以上ある。この暗闇だ、気のせいだろうかと首を振り、更に距離を詰める。さきほどから、なぜか風が止まっていた。にもかかわらず、足もとの背の高い草が、まるで生き物のように左右に揺れていた。

細いつるがティグルの脚に巻きつこうとする。リムが進み出て、槍を一閃した。つるが断ち切られ、淡い光の跡を宙に残して舞い散る。

「サンディ！」

ティグルは娘のもとへ駆け寄ろうとして、足を止めた。

呼びかけが聞こえたのか、サンディがこちらを向いたからだ。

その双眸が金色に輝いていた。金色の瞳にみつめられ、ティグルの全身が硬直する。息を呑んだ。およそ、その瞳にはヒトの持つ感情のあらゆるものが乗っていなかったからだ。

直感で、理解した。

あれはもはや、ヒトではない。

ヒトのかたちをしたその存在が、わずかに口を動かした。次の瞬間、ティグルの周囲で悲鳴があがる。みれば、人々が皆、馬を下り、跪《ひざまず》いて少女の姿をしたそれに対して頭を下げていた。

彼らは皆、恐れおののき、震える身体で精一杯の礼をしているのだった。

ティグルはかたわらのリムとエリッサをみた。ふたりは顔を蒼ざめさせながらも、まっすぐ少女をみていた。なんとか堪えられているのは、ふたりが弓巫女だから、なのだろうか。振り返れば、東軍の兵もほとんど皆が跪いていた。そうでないのは弓巫女であるスフォニスベと夕ニータのふたりだけで、そのふたりがゆっくりとティグルたちのもとへ歩いてくるところであった。

そして、西軍をかきわけ、もうひとりの人物がティグルのもとへ歩み寄ってくる。

かつて都で出会った、『赤獅子《ルベリア》』の弓巫女であった。名をレアーという。

レアーは柔和な笑顔をみせてくる。今まさに殺しあっていた部族の者とは思えぬ態度に、ティグルは毒気を抜かれてしまった。

「ご無沙汰しております。お元気そうでなにより、とはいきませんね」

「あいにくと、レアー殿、俺の娘があそこにいるんだ。話をしている暇はない」

「すでに神は降りましたから、おしまいです」

『赤獅子《ルベリア》』の弓巫女はなんでもないことのように告げる。

「おしまい、とはなんだ」

「ヒトの身で神をどうこうすることなどできません。私はただ、そのことを伝えたくて参ったのです」

「ネリーの手引きか」

「あの方は、いささか失望しておられる様子ですね。無理もありません。あの方が本当に求めたものは手に入らなかったのでございますから」

「手に入らなかった？」

　エリッサが疑念を呈する。

「ネリーは見事、神を降ろしたのに、ですか？」

「あの方からお聞きしました。あなた方は、この大地に眠る力、長年に亘《わた》って溜め込まれた力のほとんどを吸い上げて、ひとりの少女を生んだ。であれば、その力の幾許かは、あの少女にあるはず。彼女の名は、ティル＝ナ＝ファア。そう見立てることで、あの方が望む神を降臨させる。そういう手筈であったのです。――ですが」

　レアーはゆっくりと首を横に振った。

「どうやら、降臨したティル＝ナ＝ファアはあの方が望むティル＝ナ＝ファアではなかったようでございます」

「ネリーが望むティル＝ナ＝ファ……？」

エリッサが呆然と、その言葉を繰り返す。ティグルはふと気づいた。ティル＝ナ＝ファはティグルの生まれた国であるブリューヌで崇められている神の一柱だ。だがティル＝ナ＝ファには、三つの側面があると言われている。

この女神はペルクナスの妻であり、姉であり妹であり、生涯の宿敵――。

「ティル＝ナ＝ファの三つの側面とは、そういう意味か」

「お気づきになった様子ですね、魔弾の神子殿。あの方はおっしゃっていました。現在、ティル＝ナ＝ファと呼ばれている神は、本来、三柱の神を習合したものであります。あのお方の故国で崇められていた神は、ティル＝ナ＝ファを構成する三柱のうちの一柱。あえて申すならば、人のティル＝ナ＝ファ、と言ったところでしょうか。今となっては、どのティル＝ナ＝ファがあの方の求めるティル＝ナ＝ファであるのかも定かではなくなってしまいました。ですが、それでもあの方は……いえ、今となっては、もはや言っても詮無きことでございましょう」

『赤獅子《ルベリア》』の弓巫女はティグルたちから視線を外すと、サンディの方を向いた。

彼女はサンディの身体を操る、サンディではないなにかをみていた。

「降臨したティル＝ナ＝ファは、どのような存在なんだ」

「確たることは申せません、が……」

女は真っ暗な空をみあげる。ティグルはつられて、天を仰いだ。星ひとつなかった空に、ひとつ、ふたつ、と光が瞬く。緑の輝きであった。それはみっつ、四つと増えて、そのあとあっという間に数えきれないほどの緑の星となった。

いや、星ではない。それは動いていた。ティグルはそれがなにか、不意に気づく。妖精だ。森のなかでなんどかみた、踊るように飛ぶちいさな妖精たちが、真っ暗になったこの草原で無数に舞い飛んでいるのだった。

耳障りなくすくす笑いがあちこちから聞こえてきた。

思い出すのは、夢だ。サンディの姿をしたなにか。そして草原を舞い踊る無数の妖精たち。あれはネリーがみせた偽物の未来ではなかったのか。

「あの神が降りたことにより、人の世が終わり、妖精が草原で踊る世が来る。そういうことなのでございましょう」

『赤獅子《ルベリア》』の弓巫女が語る。

「夢の光景が、あの方の予想よりもはるかに強く、ティル＝ナ＝ファのなかの一柱を人々の心に植えつけたということなのでございましょう。その懸念があってなお、あの方にとっては、それが必要だったのです。あの夢がなければ、そもそもここまで辿りつくことができなかったのですから」

レアーは笑った。語っていることはひどく物騒なのに、なぜかとても愉快そうだった。

「人と人の間に災いを振りまくことが、そんなに嬉しいのか。あなたは弓巫女だろう。

『赤獅子《ルベリア》』を導く者なんだろう？」

「誰が私を弓巫女にしろと頼んだのですか」

レアーはティグルを振り返る。その瞳が、ほのかに緑の輝きを放っていた。ティグルは息を呑む。妖精の輝きだ。『星蟻《ストラク》』の妖精に入れ込みすぎた女を思い出す。まさか、弓巫女たる彼女が、という思いがあった。

「私はただ、妖精たちと共に生きることができれば、それでよかった。なのに先代が亡くなったとき、矢は私の腹を選んだ」

レアーの言葉には、強い怒りがあった。

「私は妖精から引き離されました。弓巫女が魔と関わり合ってはならない。それが『赤獅子《ルベリア》』のしきたりでありました。私は森へ赴くことを禁じられたのです。あの方が『赤獅子《ルベリア》』の魔弾の神子となるまでは」

「ネリーは違ったのですね」

エリッサが話に割って入った。『赤獅子《ルベリア》』の弓巫女はうなずく。

「あの方は、しきたりなどてんで気にしませんでした。人は好きなように生きて、好きなように死ねばよろしい。そう言ってくれたのです。ですから、私は望みました。――人と妖精が共に生きる世界を」

まさか、と思う。だが、そういうことならば、今、ネリーが苦々しい顔でサンディの姿をした存在のもとにいる理由もわかる。ネリーもまた、いいように操られたのだ。ティグルの目の前で笑う女に。『赤獅子《ルベリア》』の弓巫女に。

結果として、降りた神は、世界を妖精たちにとって都合のいいものに変化させようとしている。夜が来たる。本当の夜が。闇が世界を覆う。

「すべての人が妖精と上手くつきあえるはずもない。人がたくさん死ぬぞ」

「それこそ、望むところです。彼らは私と私の友を引き裂いた。私の世界は、そのときに一度、終わったのです」

レアーはからからと笑った。

「なら、この世界も終わらせてしまいましょう」

そう、簡単に言ってのける。

†

これまで、さまざまの腑《ふ》に落ちないことがあった。ネリーの行動のいくつかに、いささか狙いがわからないものが混じっていた。その理由を、ティグルは今、理解した。

その混じり物は、『赤獅子《ルベリア》』の弓巫女であったのだ。

彼女はただ、己と妖精の絆を否定した者たちに対して復讐したかった。そのために必要なことを為しただけであった。ネリーの行動に影響を与えていたものの正体とは、そのようなものであった。

「それでいいのか、あなたは」

ティグルは『赤獅子《ルベリア》』の弓巫女に訊ねる。

「レアー殿。なにも無事では済まない結果になって、復讐を遂げて、あなたはそれで満足するのか」

「どうなのでありましょうね。私にも、もはやなにが私にとっての喜びなのか、わからないのです。ただ、想いがあります。私を突き動かす内なる声があります。あの方はおっしゃいました。己の内なる声の命じるままに生きればいい、と。ですから私は、内なる声が命じるまま、あの方の行動をほんの少しだけねじ曲げさせていただいたのです」

その結果が、これであった。ヒトの世が終わり、草原に妖精が溢れ出した。この現象は、今、この地だけのことなのだろうか。それともこの島のあちこちで同じことが起きているのだろうか。あるいは、世界のすべてがこのようになってしまうのだろうか。

いずれにしても、ティグルがやるべきことはひとつだった。

この変化を止めるのだ。

その結果、たとえなにを失うとしても、である。既にリムとも話し合った末の決断であった。

考えたくない最悪の事態について考えないことは、人の上に立つ者としてありえないことであった。その責任感だけが、ふたりを最悪について思考させ、相談させた。

飛竜から降りたネリーと、その隣にいる少女の姿をしたモノ。それとの距離は、およそ四百アルシン（約四百メートル）と少しである。

ティグルたちは急いで距離を詰めることにした。

と、少女の姿をしたモノの全身が淡く輝きはじめた。なにごとか、と見守るうち、その身が宙に浮く。周囲の人々がざわめくなか、次第に高度をあげていき、高さ百アルシン（約百メートル）ほどのところで静止した。

その存在の降臨を歓迎するように、緑色に輝く小柄な妖精たちが少女の姿をしたモノの周囲を舞っている。宙に浮かぶそれを囲む緑の妖精の数は次第に増えていき、やがて少女の姿がみえなくなった。

今や真っ暗な空に、輝く緑の巨大な球が存在していた。その全長は、ひとの身の丈の十倍くらいはあるだろうか。輝く球体は、次第に膨張しているようにみえた。

ティグルたちは、球体にある程度近づいたところで立ち止まる。

「ティグル、この矢を」

リムが己の腹から白い鏃の矢をとり出し、手渡してきた。

ティグルは黒弓にその矢をつがえる。

頭上のサンディの姿をした存在が隠れた球体に狙いをつけた。手が震える。目標に狙いをつけることがこれほど難しいのも久しぶりだ。奥歯に力を入れる。

震えが止まった。

矢を放つ。

飛翔した矢は、緑の巨大な球体に突き刺さり、派手な爆発が――。

発生しなかった。矢はそのまま球体に吸い込まれ、そしてなにも起こらなかった。

球体は、なにごともなかったかのように、そこに浮かび続けた。ティグルたちのことなど歯牙にもかけていないようだった。

「無駄だよ」

ネリーが、声をかけてくる。いつの間にか、彼女はティグルたちの近くにいた。神を降ろした女は皮肉に笑う。

「相手は神だ。今代の弓、たとえ君がその弓を使って、矢が『一角犀《リノケイア》』の矢であっても、傷ひとつつけることは敵わないだろう。そもそも、その弓をヒトに与えたのは誰だと思っているのだい？」

「だからといって、諦めるわけにはいかないだろう。このままでは、ヒトの世は終わる」

「そうだね。申し訳ないと思っている。これはわれの失策だ。なんとかできるものなら、協力しよう」

ティグルは怪訝な表情になった。

「なぜ、今更？」

「なぜもなにも、成功の可能性が少しでもあるなら、われはやる。だが失敗した。ならば可能な限り挽回するべきだ。そうだろう？」

あまりにも異質な考え方だった。先のことを考えていない。まわりのことなど考慮もしていない。目的を決めたら、ただそこに向かって邁進するだけの存在。本来、とうてい人の上に立つ者の態度ではない。

なんの間違いか、そんな人物がおおきな力を手に入れてしまった。人を動かす力を手に入れてしまった。その結果が、これだ。

そして、そんな人物によって、サンディが――。

激しい怒りを覚えた。ネリーを睨む。そんなティグルの肩を、リムが掴んだ。彼女に揺さぶられて、われに返る。

「ネリー、煽るのはやめてください」

エリッサが進み出た。

「上手くいかない結果に苛立つのはわかりますが、横暴なのはあなたの方です。あなたがここで頭を下げられないなら――」

「なら？」

エリッサをみて、ネリーは不機嫌そうに目を細めた。そんな友人に対して、エリッサはいっこうに臆せず、言葉を切って、まっすぐ彼女をみつめ返す。しばしののち、ふたたび口を開いた。

「あなたの友人である私が、とっても困ります」

ネリーは虚を衝かれたような表情をした。

「ねえ、ネリー？　なんとかなりませんか？」

そう懇願され、ネリーは一拍置いて、「見事、見事」と笑いだす。

「困る、か。そういうことならば、仕方がないな。われとしても、エリッサ、君を困らせるのは本意ではない。それが必然であらばともかく、ただのわれのわがままであるならば、なおさらだ」

呆気にとられる一同を、ネリーは見渡す。ティグルに向き直った。警戒するティグルのもとに歩み寄り、赤黒い弓を地面に置く。

弓の王を名乗る者は、そのまま草原に膝をつくと、額を地面につけた。

「すまなかった。ティグルヴルムド卿。どうか、われと共に、過ちを正すため戦って欲しい。この通りだ」

†

「さて、ひとまずこうしてネリーを悪巧みに引き入れたわけですけど。このあとどうすればいいのか、私にはさっぱりわかりません」

エリッサがけろっとした顔で言う。頭を下げたネリーを立ち上がらせたあとのことである。

「悪巧みではなく、これは世を正しく戻す企みではないかしら」

「そうとも言うかもしれませんね、ソフィー。では、あとのことは、みなさんに任せます」

「おいおい、エリッサ。それはいささか、無責任じゃないかね」

立ち上がったネリーにさっそく苦言を呈され、エリッサは肩をすくめてみせた。

「神様なんてものを相手に、ただの商人にどうしろって言うんですか」

その場の皆が、なに言ってるんだこいつ、という表情で彼女をみている。

「あれ、みなさんなんですかその顔。私、馬鹿にされてます?」

「いやはや、君らしくて素晴らしいと思うよ。でも物語としては、ただの商人が神を斃すところ、少しみてみたくはあるね」

「これは物語ではありません。現実に起こっている出来事です。ふたりとも、もう少し真面目になってください」

リムが、気安く会話しているネリーとエリッサに苦言を呈する。その言葉を聞いて、エリッサが口もとに手を当て考え込んだ。

「なにか思いついたのか」

　ティグルが訊ねる。

「なんでもいい、エリッサ。荒唐無稽《こうとうむけい》な発想でも構わない。きっかけのひとつでも構わないんだ。聞かせてくれないか」

「ネリー、その前にちょっとだけ、答え合わせをしていいですか」

「なんだい。われに答えられることならば、答えよう」

「あなたはこの地の名を忘れられた神に、ティル＝ナ＝ファという名を与えることで、ティル＝ナ＝ファを降臨させようとしました。それが失敗すると、サンディを使ってティル＝ナ＝ファを降臨させた。サンディはティル＝ナ＝ファである、と見立てることによって、ですよね。ここまでの私の説明に間違っているところはありますか」

「だいたい合っているよ。見立て、というのか。たしかに今の人々にとっては、その言葉で説明した方がわかりやすいだろうね。だが、今更それがどうしたというんだい」

「すでに神は降りました。尋常な方法では、この状況を覆せないでしょう。であれば、やはりまた、見立て、という概念を武器とするべきなんじゃないか、と思ったんです」

　ティグルを始め、その場の皆が押し黙った。たしかにこれは、ひとつのきっかけにはなるかもしれない、と考えたのである。

「この場で利用できる見立て、それが本当に力を持つんだろうか、という問題もあるんじゃないか」

ティグルは言った。それに対して返事をしたのはネリーである。

「いや、今代の弓よ。認識とは君たちが思う以上に意味を持つ。我々ヒトと違い、もともと身体を持っていない、神のような存在であればなおさらなのだ。これについて説明するには少々時間が足りないが、とにかくそういうものだと思って欲しい」

「わかった、その言葉を信じよう。あと、俺のことはティグルでいい」

「よかろう、ティグル。さて、その上で、どのような見立てをすれば、神を斃すなどということができるか、だが……」

「斃す必要はないんじゃないか」

ティグルはネリーの言葉を遮った。

「降臨した神に退去して貰うことはできないんだろうか。――そうだ、この国の建国物語だ。天の御柱に降り立った神は七本の矢を渡して消えた、とある。神に帰って貰うことはできないだろうか」

「かの神は、この地に住まうことの対価として、生贄を要求した。それが七本の矢と、それを巡ってヒトが争う七部族の原初の形だ」

当時の状況を知るネリーが言う。今度はティグルが考え込む番だった。対価、生贄、七本の矢。いずれも建国物語の真実を読み解く上で重要なものであった。神殿で発見された古文書をエリッサから受けとっていたから、ある程度、当時の状況も理解しているつもりだ。

過去の、神が降臨した形跡。そのとき起こった出来事についても。

ティグルは顔をあげた。

「矢を返そう」

一同を見渡し、そう告げる。エリッサが息を呑んだ。真っ先に、その言葉の意味に気づいたのだろう。

「ティグルさん、七本の矢を与えるために神が降り立ったなら、七本の矢を返すことで神は去る。そういう見立て、ということですね。ですが、それは……」

「ああ。この地を治める七部族という制度を手放すということだ。でも、ヒトの世が終わり精霊や妖精がはびこる世が訪れるよりは、ずっといいんじゃないか」

ティグルの言葉に、ネリーが苦笑いする。

「それは、本来部外者である君が決めるべきことかな」

彼女はスフォニスベとタニータ、そして『赤獅子《ルベリア》』の弓巫女をみて言った。この島で生まれ育った弓巫女は、彼女たち三人だ。この場にいない『砂蠍《アルピラ》』の弓巫女については人物すらわからないが……。

「構いません。むしろ望むところでございます」

最初にうなずいたのは、『赤獅子《ルベリア》』の弓巫女レアーであった。もとより彼女は弓巫女であることを望んでいなかった。妖精の世が来ることを喜んではいたが、それ以上に弓巫女という荷を肩から下ろすことに魅力を感じたのだろう。

「私も、構いません」

次にタニータが言った。彼女もまた、消極的ではあるが弓巫女という制度に対して否定的である。

逆に、長く弓巫女を勤め上げてきたスフォニスベは迷っている様子であった。無理もない。弓巫女であることは、もはや彼女にとって人生のすべてであったのだろう。

矢そのものが部族の象徴でもある。それを失うということが、自分にとって、部族にとって、どういう意味を持つのか。それをもっとも重く受け止めているに違いなかった。

「弓巫女ディドーにお聞きします。あなたは『天鷲《アクイラ》』を短期間でおおきく変化させました。女たちはみたこともない衣装で着飾り、男たちは新しい酒を好んで呑んでいる。羊皮紙に記す計算の様式も、みたことがないものでした。食べ物も、子どもたちの遊戯も、新しいものをたくさんとり入れた。我々、七部族の民は変わることができると思いますか？」

スフォニスベがエリッサに向き直る。エリッサは少し考えてから口を開いた。

「皆、すでに少しずつ変わっていますよ。私のやり方を『天鷲《アクイラ》』が受け入れたのは、それが生き残るために必要だったからです。でもそのやり方が『一角犀《リノケイア》』にまで広まったのは、部族の皆がそれを欲しがったから。人は、それだけのことで、簡単に変わることができます」

「その先にはなにがあるのでしょうか」

「わかりません」

エリッサは首を横に振る。

「でも、そこには素晴らしいものがあるって信じるからこそ、私は商人をしているんです。人と人をモノで繋げて、人が変化する手助けをする。それが商人ですから」

「そんな商人の定義は聞いたことがありませんね」

リムがくさすも、エリッサは笑って「私の考えた定義ですから！」と胸を張った。

「わかりました。我が『黒鰐《ニーゲラ》』も、矢を神に返すことを受け入れましょう。我々は常に変わっていく。少し遅すぎたくらい、なのでしょうね」

ティグルはネリーをみた。ネリーはにやりとする。

「もちろん、『剣歯虎《サベイリ》』に異議はない。ああ、『天鷲《アクイラ》』と『一角犀《リノケイア》』はもちろん異議なし、ということでいいんだろうね」

「ええ、もちろんです」

リムが首肯する。エリッサは、むしろ矢など捨てて商人に戻りたいと公言しているのだからなんの問題もないだろう。となると、これで六部族が同意したことになる。

「あとは『砂蠍《アルビラ》』ですね。ネリー？」

エリッサに促され、ネリーはふてくされた子どものような表情になった。

「なんだい、その責めるような目は」

「責めてるんです。『砂蠍《アルビラ》』の弓巫女はどこですか。こんな戦場をつくり出して、さっき『砂蠍《アルビラ》』の旗まで出してきた以上、弓巫女も確保しているんでしょう?」

「しているけどさ。もっと劇的に紹介したかったじゃないか」

「このごに及んで、往生際が悪いです。はい、さっさと出してください」

「エリッサ、君には情緒というものが欠けているね」

ネリーは肩を落として、後ろに控えていた兵のひとりを呼んだ。馬から下りた人物が駆け寄ってくる。裸にみえたその人物は、よくみれば胸に褐色《かっしょく》の布を巻いた、精悍《せいかん》な顔つきの、背が高い女であった。

女はティグルを睨みつけたあと、視線を切り、無言で頭を下げる。

「彼女が『砂蠍《アルビラ》』の今の弓巫女だ。もともとは鉄鋏隊《てっきょうたい》の一員で、諜報要員だった。ちょうどいいから、男装して貰ったんだよ」

そう言って、ネリーは『砂蠍《アルビラ》』の弓巫女と紹介した人物に向き直る。

「どうせ、耳を澄ませていたのだろう。七部族は終わらせる。部族の誇りは消えるが、子孫は残るだろう。構わないか」

「もとより我ら滅亡の縁にあり、子孫に未来を残すことがもっとも重要なことと考える。故に是非《ぜひ》もなし」

『砂蠍《アルビラ》』の弓巫女は胸に手を当て、紫の矢をとり出すと、ネリーに手渡した。

「よし、そういうことになった。これで矢は七本」

エリッサ、リムを始めとした弓巫女たちが、己の腹から矢をとり出す。ネリーも己の腹から黄色い矢をとり出した。

預けられた矢は、ティグルが四本、ネリーが己のものも含めて三本。それぞれ、黒弓と赤黒い弓にまとめてつがえる。

ティグルとネリーは頭上を振り仰ぐ。

緑の球体は、依然として上空に浮遊していた。未だ少しずつ膨張を続けているようにみえる。あれはどこまでおおきくなるのだろうか。どこまで世を変化させてしまうのだろうか。

緑の球体をみつめると、強い圧迫感を覚えて、目をそらしたくなる。真の畏怖《いふ》とは、かくなるものなのか。

弓を持ち上げ、球体に狙いをつけた。

弓が、矢が、なぜだかひどく重く感じた。歯を食いしばってこらえる。ちらりと横をみれば、ネリーもまた額に汗をかき、腕を細かく震わせていた。

「ティル＝ナ＝ファよ！　この地に降り立ちし尊き神よ！　かつてこの地の民に矢を授けし尊き神よ！」

ティグルは叫ぶ。

建国物語で語られた神になぞらえて降臨した目の前の存在、ティル＝ナ＝ファは、この地の民に矢を授けた、という逸話も併せ持つこととなった。故に、この呼びかけが通じる。本来はありえない存在であるが故、ありえない習合が成り立った。

「我らこの地の民、御身の退去を請い願う。御身に授けられし七本の矢、ここに奉還《ほうかん》いたす！　これをもって古の契約、成就とされたし！」

ティグルとネリーは、同時に矢を放つ。

七本の矢が、青、白、赤、黄、紫、黒、緑の軌跡を伴って天空へ舞い上がる。ただ一点、緑の球体に吸い込まれた。

なにも、起きない。

失敗か。ティグルは己の弓をみた。黒弓の弦の一部が破損し、欠片が地面にこぼれ落ちる。この弓をもってしても、今の一射が限界だったようだ。かたわらでは、ネリーが、同じく赤黒い弓の一部が欠損するありさまを黙ってみつめていた。

万策尽きたか。

そう思った次の瞬間、緑の球体の膨張が停止し、反転収束が始まる。球体はみるみる小さくなり、やがてその光が尽きた。サンディの姿が現れる。

同時に、空に明かりが戻る。日食が終わり、太陽の光が差し込んだ。欠けた太陽が、次第にその姿を満たしていく。

サンディがゆっくりと高度を下げ、地面に降り立つ。そのまま、前のめりに倒れ込んだ。

ティグルとリムは己の娘のもとへ駆け寄る。リムがぐったりした少女を抱きあげた。

「お父様、お母様」

サンディが、うっすらと目を開けて呟いた。

「ありがとう、です」

そしてふたたび、その目を閉じた。サンディの姿が光に包まれ、淡い粒子が周囲に舞い散る。眩い輝きに、ティグルはつかの間、目を閉じた。

ふたたび目を開いたとき。

リムの腕のなかでは、生まれたばかりの赤ん坊が安らかに寝息をたてていた。赤ん坊が、目を開ける。青い瞳がティグルとリムをみた。赤ん坊が、高い声で泣き始める。

それは、まるで新しい世界を祝福しているかのようだった。

神なきあとの世界である。

†

エリッサが己の腹に手をやる。矢を引きだそうとするが、それは敵わなかった。なんどか試すも、当然のようにあの矢は生まれない。彼女は弓巫女の資格を失ったのだ。

ほかの弓巫女たちも、各々、腹から矢を引き抜こうとして、失敗した。反応はそれぞれだった。スフォニスベは仕方がないとばかりに肩をすくめ、タニータは安堵したようにおおきく息を吐いた。『赤獅子《ルベリア》』の弓巫女は嬉しそうだった。『砂蠍《アルピラ》』の弓巫女は表情が変わらず、よくわからなかった。

「ネリー！　大丈夫ですか！」

エリッサが叫ぶ。その声で、ティグルは顔をあげた。ネリーが片膝をついて、そのそばにエリッサが駆け寄っていた。

よくみれば、既にネリーの身体のあちこちから赤黒い粒子が生まれ、宙に舞っては溶けている。その症状を、ティグルはなんどかみていた。蘇った死者たちの末期である。

「どうやら、ここまでのようだ。もとより、蘇った死者として好き勝手してきた。いつ終わるかもわからぬ身であった」

「そう、ですか」

エリッサはなにか言いかけて、拳をぐっと握った。

「ネリー、今までありがとうございます。あなたの言葉、ひとことたりとも、忘れません。ずっと、忘れません」

「嬉しく思うよ、エリッサ。我が今生の友よ」

エリッサはネリーを抱きしめたあと、すぐ離れた。彼女に時間がないことを理解しているのだろう。

「さて、今代の弓よ。ひとつ頼みがある」

そのネリーが言った。よろめきながら、立ち上がる。

「われと最後に、ひと勝負してはくれまいか」

「このごに及んでか？」

「今だからこそ、だ」

「どうしても、やらないと駄目か」

「駄目だ。われと君が矢を合わせなければ、この地の新しい建国物語が終わらない。これは最後の魔弾の神子たちの、終わりの物語だ」

リムが納得がいかないという様子でネリーを睨む。ティグルは彼女がなにか言う前に、首を振った。

「わかった、いいだろう」

ティグルはサンディを抱きかかえるリムに、少し離れているよう手振りで示した。

「ティグル……」

「大丈夫だ。リム、サンディといっしょに、生きて北大陸に戻ろう」

「悪いね。無理に最後に願いを叶えて貰って」

ちっとも悪いと思っていなさそうな口調でそう言うと、ネリーはゆっくりと弓を持ち上げ、矢をつがえた。ただの矢だ。

　ティグルは背を向けてネリーから百歩ほど距離をとったあと、振り返る。黒弓をみつめた。ふたたび大地を明るく照らし出した陽光のもとよくみれば、黒弓の柄はあちこちがひび割れ、今にも折れる寸前だった。あと一度、保つだろうか。それでも、最後はこの弓で終わらせたかった。

　ネリーの身体から立ち上る赤黒い粒の数が増えていた。もはや猶予はない。おおきく息を吸い込み、吐き出す。

　互いに無言で弓を構えた。矢の先は互いの胸もとを狙っていた。

　弓弦を引き絞る。

　合図は必要なかった。なぜだか、相手が弓弦から手を離す瞬間が感覚でわかった。

　同時に矢を放つ。

　矢は同じ軌道を描いて飛び、中央ですれ違ったあと、互いの胸もとに突き刺さった。ただし、ネリーの放った矢はわずかに下に逸《そ》れてティグルの胸甲に刺さったのに対して、ティグルの放った矢はネリーの胸甲のわずかに上を正確に貫いている。

「見事だ」

　ネリーが笑って、弓を下ろす。赤黒い弓がばらばらに砕けた。

「われの矢は、どうして逸れた？」

「まだ雲の重さが変わっていなかったからだ」

「雲の……重さ?」

「あの夢からこっち、日々、雲が重くなっていた。気づかなかったのか」

「そうか……だから、われは負けたのだな」

ネリーは目をつぶる。

「さらば」

そして、その全身が赤黒い光の粒となって溶けた。

ティグルは己の握る黒弓をみた。ひとつおおきなヒビが入った。そのヒビは次第におおきくなり、ついには音を立てて柄全体が崩壊した。黒弓は、黒い塵となって青空に舞い上がる。強い風が吹いて、その塵を攫《さら》った。

塵は空を自由に舞い、大気に溶けた。

エピローグ

七部族が集まった戦から、しばし時が過ぎた。

エリッサはカル＝ハダシュトの都で雑務に追われていた。

謁見の間で、座るは双王《そうおう》の座の片方。あくまでも臨時、一年限りと断って、ひとりで双王の冠を頭に戴いたのである。

謁見の合間に、どうしてこうなった、と天井を仰ぐ。

なにかがおかしい。すべてが終われば、自分は北大陸《ネステール》に、ジスタートに戻るはずだったのに。懐《なつ》かしの公都、懐かしの我が商店、懐かしの部下たち、今しばらく待っていて欲しい。必ず自分はそこに戻るから。

「双王ディドー様、次の謁見の者をお通ししてよろしいですか」

そばに控える神官ハミルカルが訊ねてくる。

エリッサはひとつため息をついて、「通してください」と返事をした。

謁見の間の大扉から入ってきたのは、年老いた神官であった。羊皮紙の束を手にしている。

「こちらが、先日まとめた、建国物語の真実でございます」

「ご苦労でした。この事実は、神官の間で、どこまで広まっていますか？」

「一部の者だけでございます。皆、ご命令とあらば毒杯を呷り真実を闇に葬る覚悟でございます。どうか私情に流されず、我が国のため、賢明なご判断を願います」

場合によっては彼らの命をもって真実をすべて闇に屠《ほふ》るべきだ、と迫っているのだ。

エリッサは改めて、自らの判断のひとつひとつが多くの者の生死を決定させるという事実を認識した。胃がきゅっと痛む。

七本の矢は消えても、七部族は残った。

激しい戦の後始末で、どの部族も疲弊している。かといって都の商家も、ようやく海の封鎖が解《と》けたとはいえ、相次いだ火事と地震によりおおきな打撃を受けていた。

さっそく南大陸《メリデール》から食料をかき集め、ひとまず民が飢えることは回避できたとはいえ、都の再建は道半ばである。

南北大陸の船での行き来も、ぼちぼちと再開されている。とはいえ商人たちはおっかなびっくりで、以前のように多くの船が往来するようになるまではもうしばらくの時を要するであろう、とのことであった。

カル＝ハダシュトの内外は問題が山積みだ。

七本の矢無きあとの世界をどうするか、という議論を始めることすらできないでいる。

ひとつたしかなのは、もはや以前のようにはいられない、ということであった。

もはや、矢は存在しないのだ。

神殿は、その名を忘れられた神がもはや死していること、建国物語における神との契約とは、すなわち人々が争い血を流すことで神のための力を大地に蓄えるというものであったことを書面にまとめあげ、エリッサに提出してきた。

この事実を公表するか、事情を知る関係者もろとも闇に葬るか、すべて任せるということだ。

任されても困る、というのが正直なところである。

「やめてください、そういうの。自害とか絶対に禁止です、禁止。少なくとも、私がこの椅子に座っている間は、絶対に許しませんから」

「では、我々の命も数十年は安泰《あんたい》ですな」

「ご老体は何歳まで生きるつもりですか。あと私、最初に一年で辞めるって言いましたよね。死ぬなら私が辞めたあと勝手にやってください、って言ってるんです。そのあとのことなんて知ったことじゃありません」

老いた神官は白髭を震わせて呑気に笑った。

「ちょっと、なんで笑ってるんですか。面白い冗談なんてひとつも言ってませんからね。私のこと舐めてます？　私、双王ですよ？　偉いんですよ？」

「なによりでございます。ディドー様が双王である限り、カル＝ハダシュトは安泰でございましょう」

老いた神官は恭しく頭を下げてくる。

「ハミルカル、ご老人は耳が遠くなったご様子。とっとと引退を勧告してください」

横を向くと、若い屈強な神官は居心地が悪そうに身じろぎして、目をそらした。

「どいつもこいつも、不敬な態度ですね。だいたい、双王になりたい人なんてたくさんいるでしょう」

「我欲《がよく》で玉座を求める者に双王の座を預けられるか、と言い出したのは、はて、どなたでしたか。年のせいか物覚えが悪くなっていけませんな」

老神官がとぼけた様子で首をかしげる。

エリッサは海の底より深いため息をついた。戦の後の宴で、少し酒が入ったせいか気が大きくなっていたのだ。誰しも過ちはある。

「ほんと、一年だけですからね。先ほどの件も、次に座る者に任せます。いずれにせよ、今これを公表するのは時期尚早と判断しました。ふたりとも、異論はありますか？」

老神官とハミルカルは、異論なし、と揃って頭を下げた。

老神官が謁見の間を辞したあと、エリッサはもういちど、おおきなため息をつく。

「みんな、なんで私の邪魔ばかりするんですかね」

「では我らを見捨てて北大陸に戻られますか？　どうしても、とおっしゃるのであれば、この私の一存で船を用意させせます」

ハミルカルにそう言われて、エリッサはいささか怯んだように身をのけぞらせた。

「そんなこと、できるわけないじゃないですか。この国はこれから、いっそう発展するんです。そうじゃないと、せっかくのコネをジスタートに持って帰れません。せっかくの商機を逃すなんて、できるはずがないじゃないですか」

「商人として、ですか」

「そうです。商人として、です。ですからこの椅子に座っているのも、ちゃんと商人としての打算なんです。勘違いしないでくださいね。この国から富をがっぽがっぽ引き出すための布石なんですから」

「もちろんです、陛下」

ハミルカルは深く頭を下げる。

「それでは、次の者を通してよろしいですか」

「もう、勝手にしてください」

†

サンディは、生まれたばかりの赤子の姿になってしまった。

以前の記憶はあるのか、ないのか。ティグルやリムをみれば喜ぶし、ボスタルにもなついている。ソフィーをみるとなぜか泣き出す。

「もともと、この子は生まれたばかりなのです。本来の姿に戻っただけのことでしょう」

リムはそう言って、今日もサンディを抱き、あの日以来、ふくらんだ乳房から出るようになった乳をこの数奇な運命を辿る己の娘に飲ませてやる。

サンディは腹が満たされると、少し宙に浮きあがっただけで力を使い果たし、眠りについてしまった。

相変わらず不思議な力は持っているようだが、その能力はおおきく減じているようだった。

生き物に懐かれるところだけは以前とまったく変わっておらず、馬をみては手を振り、馬の方も嬉しそうに尻尾を振る。犬も羊も同じだ。通りすがりの猫がサンディにひと鳴きして去っていく様子をみた者は多い。

テトがいればそのあたり詳しく教えてくれるかもしれないが、あの日以来、かの黒猫をみた者はいない。別れの言葉もなく、いずこかへ去ってしまった。猫のように気まぐれに。

ティグルとしては、妖精とのつきあいはそういうものだと考えている。テトは己の本来の居場所に戻ったのだろう。

草原が、ふたたびヒトのものに戻ったということだ。

妖精たちは森に戻った。

草原では、ヒトや馬や象が落ち着いた暮らしを営んでいる。

「矢がなくとも、我らがこの草原の民であることに変わりはありません」

『黒鰐《ニーゲラ》』の元弓巫女《アルディア》であるスフォニスベがティグルに語った言葉がすべてであった。

彼女は相次ぐ戦でおおきく数を減らした『黒鰐《ニーゲラ》』をよくまとめ、次の世代に部族を繋ぐため、後進の育成に力を注ぐと言っていた。

「私たちが本当に必要だったものが何であるか、もう一度、よく自らをみつめ直してみなければなりませんね」

と。

ほかの元弓巫女たちも、多くがそのまま部族の統治者として、今も己につき従う民を指導している。矢が無くとも、部族を代表していた、という経験は残った。一部の弓巫女についてはその経験も足りなかったが、まわりの者が弓巫女を支えるという体制は整っていたし、その体制を無理に崩すような余力は七部族にはなかった。

矢によって得ていた権威を失い、多くの戦士を失い、これ以上の弱みをみせれば、虎視眈々《こしたんたん》とつけ狙う小部族の餌食になるだけだからだ。

恨みをつのらせた小部族連合に襲われた『一角犀《リノケイア》』の一件は、七部族皆の記憶に新しい。これは『赤獅子《ルベリア》』の元弓巫女であるレアーも認めるところである。

事情はリムも同じであった。『一角犀《リノケイア》』と、そしてエリッサが不在の『天鷲《アクイラ》』の統治に一段落がつくまでは、と次第に暑さを増すカル＝ハダシュト島の草原で忙しい日々を過ごしている。

弓巫女がいなくなれば、魔弾の神子《デウリア》もはや必要がない。

ティグルは自ら魔弾の神子の地位を退き、形式的には現在、『一角犀《リノケイア》』を率いているのはリムであった。今、ティグルはリムの補佐として忙しく東奔西走している。

今日は羊が盗まれた、どこの子が馬から落ちた、誰が誰を刺した。

些細なことから、人の命に係わるようなことまで。

大宿営地では、今日もさまざまな問題が起きている。彼らをとりまとめるための仕事は山ほどあった。

「せめてサンディの首がすわるまでは、船旅は避けた方がいいでしょう」

とリムが言い、ティグルも同意を示した。

「私が先に帰って、報告してくるわ」

ティグルたちと違い身が軽いソフィーには、先にジスタートへ戻ってもらうこととなった。

「ライトメリッツには、私とティグルの家を用意してくださるよう伝えてください。できるだけ公宮の近くでお願いします」

「エレンも、あなたたちが子どもを連れて戻ってきたら、きっと驚くわね」

と言ってカル＝ハダシュトの都に向かったソフィーであったが、数日で『一角犀《リノケイア》』の大宿営地に戻ってきた。ひとりの女性を連れて。

白肌だった。大鎌を手にした黒髪で紫眼の女が、ソフィーと並んでティグルとリムの暮らす天幕に向かう様子を、『一角犀《リノケイア》』の人々が興味深そうな様子で眺めていた。知らせを聞いて駆けつけたメニオが、ソフィーの隣の女をみて驚きの声をあげた。

「ヴァレンティナ様！」

ソフィーと同じく戦姫のひとり、ヴァレンティナ＝グリンカ＝エステス。

オステローデ公国の戦姫である。かつて北大陸の北西にあるアスヴァール島で、ティグルやリムと肩を並べて戦った人物であった。

なぜ彼女がここへ、と考えて、メニオは気づく。

ヴァレンティナの持つ大鎌には、空間を渡る力がある。おそらくはその力を用いて、ジスタートからこのカル＝ハダシュト島へ渡って来たのだろう。

メニオの声を聞いて、ティグルとリムが天幕から出てきた。リムが抱きかかえている赤子をみて、ヴァレンティナがぽかんと口を開ける。

「ことの次第は聞きましたが、それでも、この目でみるまでは信じられませんでした」

「俺とリムに子が生まれたことが、か？」

「旅の中で身籠《みご》もったとして、まさかあなたが身重《みおも》の女性を戦わせるとは思えませんし。昼が夜になった日の出来事は、北大陸でも驚きをもって迎えられたのです」

「この島と、あとはせいぜい南大陸で起こったことと思っていたが……。予想以上に大事になっていたんだな」

「ですから、ことの次第を確認するために、私が派遣されたのです。ティグルヴルムド卿、あなたがやったことなのでしょう？」

ヴァレンティナのものいいは、まるで目の前の人物であれば、それを容易に成し遂げることが可能である、と確信している様子であった。

事実は多少異なるのだが、かといってまったくティグルが関わっていないというわけではない。

ティグルたちの戦いが通常の方法で北大陸まで届くには、今しばらくの時が必要である。本来ならば。

「それにしても、この島は暑いですね」

「まるで昨日今日、この島についたみたいなことを」

と言いかけて、ティグルは気づく。目の前の人物は以前も空間を渡り、ジスタートからアスヴァールまで、一瞬で渡ってみせたことを。

「いや、そうか、君の場合、そういうこともあるか」

「ええ、まだこの島についてから半日も経っておりません」

実際にはカル＝ハダシュトの都の港に到着したヴァレンティナが商家の者とやりとりをした結果、たまたまこの日、都に到着したソフィーと引き合わされたとのことである。そのまま、ソフィーを連れて空間を渡り、この大宿営地に赴いたというわけであった。

「天幕に案内しよう。話すことがたくさんあるんだ」

ティグルは人に命じて果実水《クヴァース》をとりに走らせると、ヴァレンティナを己の天幕に案内した。

本当に、語るべきことは山ほどある。

†

季節はうつろう。

ふたたび乾季がやってきた。南北の船がもっとも行き交う季節だ。

その日は晴れていた。旅立つにはいい日だ。

ティグルとリム、サンディの親子三人は旅支度をしてカル＝ハダシュトの都の商港にいた。

メニオも共にいる。ソフィーは半年前、ヴァレンティナの大鎌で帰還していた。

大地震で崩落した建物もその大半は再建され、港湾部はむしろ拡張されて、褐色の肌の者と白肌の者が入り乱れ、多くの人で賑わっている。

見送りは断ったのだが、ひとりだけ、お忍びでエリッサがやってきた。商家の若い者が着る地味な貫頭衣《かんとうい》をまとって変装している。港湾部の警備の者たちも、まさか双王がひとりでこんなところにいるとは思わないだろう。

「ティグルさん、先生、先に帰るなんてずるいです。いっそ私も、先生たちと同じ船に乗ってしまいましょうか」

「あなたが心の底からこの国に嫌気が差したというのでしたら、それでも構いませんよ。私の権限で、あなたひとりくらいならなんとかねじ込みましょう」

軽口のつもりだったのか、エリッサは「そういう言いかたはずるいですよ、先生」と口を尖らせる。

「ここで仕事を放り出したら、何も残らないじゃないですか。大損ですよ、大損。逆に今、頑張れば、必ず儲けが出るんです」

「あなたには、この島が黄金でできているようにみえているのですね」

「商売の種が山ほどあるという意味では、その通りです。この国はこれからおおきく変化しますから。商家の方々からも、渡来の商人からも、いろいろな話が来ます。私の一存で決められないこともいっぱいありますが、ちょっとだけ噛ませてもらえるだけでも、あとあとの利益は莫大なものになるでしょう。こんなの、放っておけるはずがないじゃないですか」

「そうやってあっちこっちに首を突っ込んだ結果、もう一年やる羽目になるんじゃないか」

「まさか！　私に限って、引き際は間違えませんとも」

ティグルが突っ込んでみたところ、エリッサは勢いよく首を横に振り、胸を張って否定してみせた。

「今冬はこうしてティグルさんと先生を見送ることしかできませんが、次の冬はジスタートでお会いしましょう。商会の皆に、特にジョジーによく伝えてください。私は無事で、そう時を経ず戻る、と」

彼女から差し出された手を握りながら、ティグルはそれはどうかなと考えていた。

七部族と商家、神殿の者たちがおいそれと彼女を手放すだろうか。そもそも、まずは次の双王となるべき人材をみつけて来なければならない。そうでなくとも、現状、彼女ひとりで双王の座についているのは負担がおおきい。まずはエリッサを補佐するべき者をみつけ、その者を教育しながら、となれば……あと半年で、できることなど限られてくる。

「大丈夫です。大丈夫な、はず……」

エリッサは下を向いた。声がだんだん小さくなっていく。

「早くジスタートに帰らないと、エリッサお姉ちゃんとしてサンディに顔を覚えてもらえなくなりますから。ソフィーさんみたいに近づくだけで泣かれるようになったらおしまいです」

「ソフィーのあれも、ひとつの才能だな……」

猫にも赤子にもなつかれない、それどころか嫌がられ泣かれ、ソフィーは失意のうちに帰国した。ティグルとしても、サンディを彼女に抱かせるのは少し怖い。

「ですから！　ちゃんと、ジスタートで待っていてくださいね。ティグルさんと先生は、少し目を離すとどこかに戦いに行ってしまいそうで」

「目を離すと遠い海の果てに攫《さら》われていた人の言うことは違いますね」

エリッサは両手を上げて、降参の意を示した。

「お別れのときまでいじめてやるな、リム。大丈夫だ、エリッサ。少なくともサンディがある程度成長するまでは、そう遠くに行くこともないだろう。いちど、アルサスには顔を出す必要があるだろうが」

「アルサスに商会の支店を出すのもいいですね」

「我が故郷ながら、儲けが出るような場所じゃないぞ」

「儲けが出るようにするんですよ。アルサスはライトメリッツとブリューヌの中心を繋ぐ街道になる可能性を秘めた土地ですから」

エリッサは、山脈を切り開きアルサスからライトメリッツへの道を整備する計画を滔々《とうとう》と述べてみせた。

「アルサスのことをよく知っているな」

「実は、先生から聞いていたんです。今の計画も、もともとは先生の発案です」

ティグルはかたわらのリムをみた。

リムは「もうしばらくあなたの成長を見守り、一人前になってから切り出す話だったのですが」とエリッサを睨む。

「ごめんなさい、先生。でも、アルサスはそれだけの力を持った土地ということなんですよ。わかりましたか、ティグルさん」

「わかった、わかった。父には手紙で伝えてみるよ。とはいえ、それもすべては君がジスタートに帰って来てからだ」

「はい、サンディが歩き出すまでにはなんとかしてみせますよ！」

はたして、その約束は守られるだろうか、とティグルはいぶかしんだが、口には出さなかった。エリッサとかたい握手を交わす。

†

出航の喇叭《らっぱ》が鳴る。ティグルたちを乗せた北大陸行きの商船がゆっくりと内港の門を出ていく。

エリッサは港の一角で、ひとり、その出航を見守った。

そばにひとりの男が立つ。ハミルカルだった。若い神官は、公務を抜け出してきたエリッサを咎《とが》めることなく、じっと海をみつめた。

「帰りましょうか」

「もう、よろしいのですか？　まだ船はみえています」

「また会えます。また会うためにも、今は仕事に戻りましょう。苦労をかけますね、ハミルカル」

大柄な神官は肩を震わせて笑った。小馬鹿にされているようで、エリッサは頬をふくらませる。

「なんですか、もう。私が感謝しては、そんなにおかしいですか」

「いえ。正直、ディドー様はあのまま船に乗ってしまわれるかと懸念しておりました」

「そうしたら、どうしました」

「諦めますよ。もとより、この国のことはこの国の者が始末をつけるべきです。我々はすでに、あまりにも多くのことをティグルヴルムド卿やディドー様におしつけてしまいました」

「殊勝《しゅしょう》なことですね。ですが、私だって野望はあります。そのために、今は雌伏《しふく》の時とわきまえております」

「我が国の権力の頂点を雌伏と言うのは、いささか外聞《がいぶん》が悪いですな」

「そうでも言っておかないと、私があの玉座に座りたくて座っていると勘違いする人が出てきますからね。嫉妬《しっと》されて暗殺とか、最悪です。いつでも逃げる覚悟があるぞ、と公言するのが私のいちばんの処世術ですとも」

　エリッサは未練を振り切って、海に背を向けた。都の中心部に向かって歩き出す。目立たないところで、彼女専用の馬車が待っていた。用意のいいことだ。脱走も、どこに向かったかも、最初からバレていたのだろう。

「やっぱり、今日一日くらいサボっても構いませんかね」

「明日がたいへんですよ」

「わかりました、帰ります」

エリッサは馬車に乗る前、もういちどだけ海を振り返った。船はもう、内港の壁の向こう側にみえなくなっていた。

彼女がジスタートに帰還するまでに、サンディは二本足で立ち、言葉を話し、ひとりで庭を駆けまわるようになるくらいの歳月が経つことになるのだが、それはまた別の物語である。

新たな門出を迎えたカル＝ハダシュトは長く栄えた。

†

アルサスという土地がある。北大陸はブリューヌ王国のはずれ、ジスタートとの国境に近い辺鄙な伯爵領だ。土地は貧しいが、人徳ある領主のもと、そこに住む人々は長く平穏な日々を過ごしてきた。

王国の中央では公爵家のひとつが失われた十年前の事件以来、激しい政争が行われているというが、彼らにとっては遠い地の出来事にすぎない。

近年、ジスタート王国に七つある公国のひとつ、ライトメリッツ公国との往来が増えた。険しい山々を抜ける道が整備され、公主お抱えの商家が立派なつくりの商館を構えた。商家の主はこの地には珍しい褐色の肌の女で、領主の屋敷にも頻繁に足を運ぶという。

この地を訪れたとある旅人は、そんな話を聞いて、褐色の肌の己がこの地ではあまり奇異な目で見られない理由を理解した。

鍛え抜かれた身体つきの青年である。たくましい馬に乗り、短弓を背負っていた。

「あんた、どこに行きなさる」

通りすがりの住人が褐色の肌にも物怖じせず訊ねてきた。青年は領主の屋敷を訊ねた。

「ご領主様のお屋敷は、あちらだよ」

青年は巧みに馬を操り、言われた通りの道をまっすぐ進ませた。


そこは、あまりおおきな屋敷ではなかった。よく手入れされた庭には色とりどりの花が咲いている。花に水をやっている少女がいた。年のころは十歳かそこらだろう。少女は訪れた青年に気づき、顔をあげた。

「お客様ですか？　今、父と母は不在です。ご用がございましたら……」

少女の顔をみて、青年は驚いた様子で身をかたくした。少女はきょとんとして小首をかしげる。

「まあ、南大陸の方ですか」

「はい。友好の使者として参りました。その、あなたは……こちらのご領主様の……」

「娘、です。アレクサンドラと申します。あの、さきほどから、わたくしの顔になにかついておりますか」

青年は少し悲しそうな目をしたあと、首を横に振った。

「失礼しました。少し、懐かしくなったのです。ご自分のことをお話しできるようになったのですね」

「もしかして、昔のわたくしのお知り合いでしたでしょうか。申し訳ありません、当時のことは父と母から聞いておりますが、南大陸のころの記憶は……。今はもう、特別な力もなにひとつ残っておりません。もっと以前は、馬や猫と話ができたように思うのですが……」

「お気になさらないでください。俺はただ、もういちどあなたに会えたことが嬉しいのです。

──どうか、俺の友になってくださいますか」

青年は手を差し出した。その手を、少女は興味深そうに覗き込む。

「ごわごわの手ですね」

「ええ、不快ですか」

「いいえ、父の手も、ごわごわです」

少女は、差し出された手を握って、花のように笑った。

ふたりの側を黒猫が駆け抜けていく。猫はふたりから少し離れたところで、振り返り、ひとつおおきく鳴いた。

著者あとがきに代えて、原作者の川口士よりのご挨拶

はじめまして。他の魔弾シリーズも読んでくださっている方は、おひさしぶりです。

川口士《かわぐちつかさ》と申します。本シリーズでは原作と監修を務めておりまして、『魔弾の王と天誓《てんせい》の鷲矢《アクイラス》』三巻をお届けします。

二〇一九年九月に僕が原作、瀬尾《せお》つかささんが執筆を担当するという形で『魔弾の王と聖泉《せいせん》の双紋剣《カルンウエナン》』がはじまってから三年、皆さまの応援のおかげでティグルとリムの旅は無事にひとつの結末を迎えることができました。

本当なら瀬尾さんにシリーズの総括的なあとがきをと思っていたのですが、そういうのは原作者がやったほうがいいとのことで、せっかくなので筆をとりました。

本作はこのたび集英社ダッシュエックス文庫にて電子書籍限定ながら復刻を開始した『魔弾の王と戦姫』のスピンオフとして、瀬尾さんに執筆してもらった『魔弾の王と聖泉の双紋剣』から続く、ティグルヴルムド＝ヴォルンとリムアリーシャの物語の最終巻となります。

七人の弓巫女と、彼女たちが腹に宿す七本の矢。その矢を用いる弓使い魔弾の神子。

妖精とヒトの距離が近く、森と草原で棲みわけがなされた地。死せる神の躯が眠る大地にし

て南大陸のすぐ西のおおきな島、カル＝ハダシュト。

新旧の「魔弾の王」が対峙するという瀬尾さんの提案をもとにはじまったのが聖泉の双紋剣でしたが、この『鷲矢』では、ついに二人の対決が繰り広げられます。

ここからは、瀬尾さんの物語解説を踏まえた本編のネタバレが含まれますので、まだ本編を読まれていない方は、†～†の間は飛ばすことをお勧めします。

†

最後の戦いの結末については、瀬尾さんが『双紋剣』でも描いてきた、「神話と幻想の時代が終わってヒトの手に世界が渡る」というテーマを書ききってもらうことにしました。

自分にはないテーマを書いてもらうというのもスピンオフの醍醐味《だいごみ》ですが、それだけに瀬尾さんも慎重になってくれて、「魔弾の世界における神という概念や世界観、ティル＝ナ＝ファが地上に降臨した場合どうなるのか」を何度も話しあいました。

†

衝撃的な出来事も多い展開でしたが、双紋剣と鷲矢、二つで一つのこのシリーズも、魔弾の物語のひとつの形として読者の皆様にも楽しんでいただけたらと思います。

ここでひとつ宣伝を。ｂｏｍｉさんの手による漫画版の『魔弾の王と聖泉の双紋剣』が、ニコニコ静画内「水曜日はまったりダッシュエックスコミック」にて好評連載中です。

単行本は、第2巻が9月に発売されました。パーシバルとの戦いの決着、そこから始まる漫画版のオリジナル展開など見所たくさんですので、ぜひ手にとってみてください。

第3巻は来年発売予定です。

それでは謝辞《しゃじ》を。

あらためて、魔弾の王のスピンオフという大変な仕事を合計九巻引き受けてくださった瀬尾つかささん、ほんとお疲れさまでした。別企画でもよろしくお願いします。

そして、ティグルとリムをはじめ多くの登場人物を美麗なイラストで彩ってくださった八坂《やさか》ミナトさんと白谷《しらたに》こなかさんにもこの場を借りてお礼を。

戦姫ではない（一時的だったり、誘いを蹴ったり……）リムをメインヒロインに据えるのはある種の冒険でしたが、八坂さんのデザインのおかげで彼女の華やかさが際だち、何も問題ないと確信を持つことができました。

魔弾シリーズには『ヤング・マスハス伝』から参加し、こちらでは『鷲矢』から引き継いでくださった白谷こなかさんは、南国という舞台に合ったデザインに挑戦してくださいました。リムやエリッサの服装など、どんなふうにしようかと積極的に提案してくださったのは、お願いする方としてもたいへん心強かったです。

読者の皆さま。最後までおつきあいくださったこと、瀬尾ともどもお礼を申しあげます。皆さまのおかげで、この物語の結末にたどりつくことができました。

この本が書店に並ぶまでの工程に携わったすべての方々にも、感謝を。


最後にちょっとまた宣伝を。

先にも簡単に述べましたが、電子書籍限定で、魔弾シリーズすべての原典となる『魔弾の王と戦姫』が、大幅なリファインをした合本版として、ダッシュエックス文庫DIGITALより復刻しました。全七巻の予定で、『鷲矢』と同じく白谷こなかさんがこの復刻版のイラストを描きおろしてくださっています。

主要な電子書籍ストアで発売中ですので、ぜひ手に取っていただければと。

そして、凍漣の雪姫《ミーチェリア》の最終巻でも告知しましたが、来年は魔弾の王のグランドルートともいうべき新作をスタートする予定です。

大長編は想定しておらず、全三巻くらいの想定でいま執筆準備中です。もっとも困難な状況からスタートする、また新たな世界のティグルとエレンの戦いをご期待ください。

この情報は2022年10月現在のものです。
魔弾の王VS魔弾の王
異国の地でティグルとリムは
かつてない敵との戦いに挑む
『魔弾の王と聖泉の双紋剣』
待望のコミカライズ！
Comic：bomi
novel：瀬尾つかさ　illustration：白谷こなか
Based on Characters Created ：川口士
漫画＝bomi
2
YJC
魔弾の王と聖泉の双紋剣《カルンウェナン》
最新2巻も好評発売中！
ニコニコ漫画「水曜日はまったり
ダッシュエックスコミック」にて好評連載中